*u* books

# カモメに飛ぶことを教えた猫

ルイス・セプルベダ

河野万里子＝訳



白水 *u* ブックス

夢《ゆめ》の世界をいっしょに探検《たんけん》した
最高の仲間であるぼくの子どもたち、
セバスチャンとマックスとレオンに。
その探検の出発点となってくれたハンブルク港に。
そしてもちろん猫《ねこ》のゾルバに。

# 目次

第2部

装画《そうが》　牧かほり

# 第1部

# 1　北の海

「発見、左前方にニシンの群《む》れ！」

見張《みは》り係のカモメが叫《さけ》んだ。すると、大空を行く〈赤砂灯台《あかすな》〉のカモメの群れは、いっせいにほっとしたような鳴き声をかわし合った。

カモメたちは、もう六時間も、休むことなく飛び続けている。先頭係をつとめるカモメたちは、みんなが海の上を吹《ふ》くあたたかな風の流れに乗って飛べるようリードしてきたが、そろそろ、ひと休みして体力を回復《かいふく》したほうがいいと感じ始めていたところだった。そしてそのためには、何といっても、ニシンをたっぷり食べるのがいちばんだ。

群れは今、北海にそそぐエルベ川河口《かこう》の上空を飛んでいる。はるか下には、一列に並《なら》んだ何隻《なんせき》もの船が小さく見える。それはまるでよくしつけられた、がまん強い海の動物のように、一隻一隻《いっせきいっせき》、大海原《おおうなばら》へ出ていく自分の順番をじっと待っている。そうしてそこから、今度は世界じゅうの港へ、向かっていくのだ。

銀色のつばさのカモメ、ケンガーは、そんな船のマストではためいている色とりどりの旗が、とても好きだった。旗ごとに、違《ちが》うことば、違う名前、違う話し方があることを、彼女は知っている。

「人間は大変ね。わたしたちカモメは、世界じゅうどこへ行っても同じ鳴き方なのに」

大空を飛びながら、ケンガーは、隣《とな》りを行く友だちにそう話しかけたことがある。「ほんとにね。でも違うことばどうしでも、ときどきわかり合えているみたいじゃない？　それが、いちばん不思議」

海岸線の向こうには、まぶしいほどの緑が一面に広がっている。広大な牧場だ。白い羊

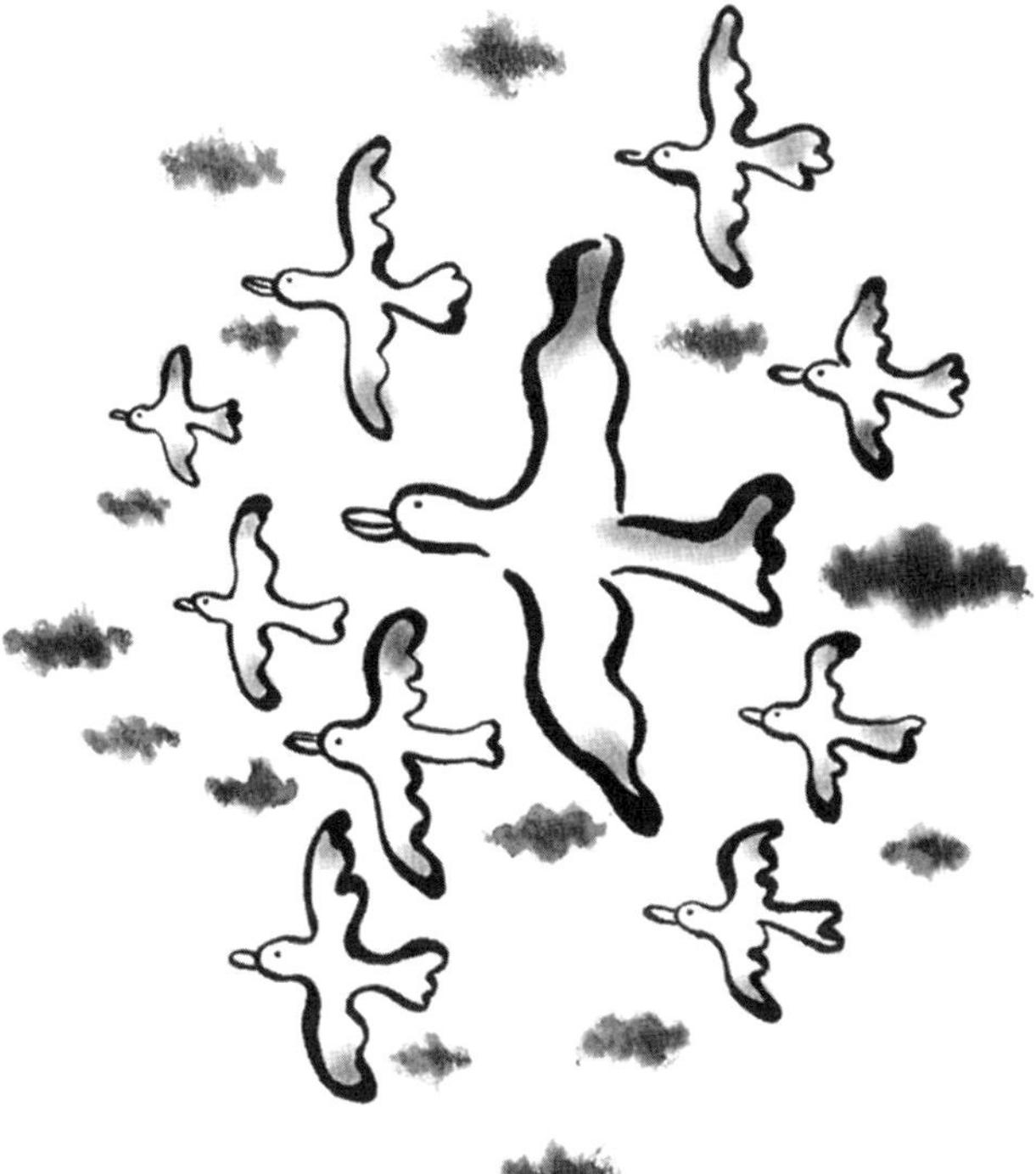

の群れが、堤防《ていぼう》に守られるようにして草をはんでいる様子や、のんびりと回っている風車の姿《すがた》が見える。

〈赤砂灯台〉のカモメたちは、先頭係の指示を受けると、ひんやりした風の流れをとらえ、ニシンの群れに向かって急降下《きゅうこうか》した。百二十羽のカモメたちが、矢のように海を貫《つらぬ》く。そうして再《ふたた》び姿を現《あらわ》したときには、どのカモメのくちばしにも、ニシンがきらめいていた。

それはおいしいニシンだった。おいしく、しかもたっぷり身がついていた。この先も飛び続ける力をつけるのに、何よりのごちそうだった。一行は、これからまずオランダのデン・ヘルデルまで飛んでいく。そしてそこで、フリージア諸島《しょとう》のカモメの一団《いちだん》と合流する。

そこから今度はドーバー海峡《かいきょう》を経《へ》て、イギリス海峡へ向かう。そこでは、フランスのセーヌ湾《わん》とサン・マロ湾の一団が待っている。それから全員で大西洋に出て、スペイン北部のビスケー湾まで南下するのだ。

そのとき一団の数は、千羽にもなっているだろう。それはまるで、強風とともに流れていく銀色の雲のように見えるだろう。この雲にはさらに、ベル島、オレロン島、マチチャコ岬《みさき》、アホ岬、そしてペニャス岬から飛んできたカモメたちが、加わることになっている。そうして、海と風の掟《おきて》に従うすべてのカモメがビスケー湾の上空に集合したら、いよいよ、バルト海、北海および大西洋地区におけるカモメの集《つど》いが、開幕する。

それはすばらしい会になるだろう。ケンガーは、三匹目《さんびきめ》のニシンをとりながら思う。そこでは毎年、胸《むね》のおどるようなさまざまな話を披露《ひろう》し合う。はるかカナリア諸島やアフリカのベルデ岬まで遠征《えんせい》することもある、疲《つか》れを知らないペニャス岬のカモメたちの報告《ほうこく》は、とりわけおもしろい。

報告が終わると、メスのカモメたちには、おいしいイワシとイカでのパーティーが待っている。一方オスたちは、その間、断崖《だんがい》のふちに巣を作る。メスたちはそこで卵を産み、しんぼう強く卵を抱《だ》き続《つづ》ける。そうしてひなが誕生《たんじょう》し、そのひなたちにしっかりした羽がはえそろったとき、この集いでのハイライトが始まるのだ。ビスケーの真《ま》っ青《さお》な大空で、ひなたちがいっせいに飛ぶことを教わるのである。

ケンガーは四匹目のニシンをとりに、海にもぐった。そのときだ。周囲の大気をつんざくような声で、見張り係が叫んだ。

「右前方に危険《きけん》、至急避難《しきゅうひなん》！」

ケンガーが海面に頭を出したときには、すでに仲間たちの姿はどこにもなかった。あたりにはただ、はてしない海原が、どこまでも広がっているばかりだった。

## 2　ふとった真っ黒な猫

「おまえをひとりぼっちで置いていかなきゃならないなんて、つらいよ」

ふとった真っ黒な猫の背中《せなか》をなでながら、男の子が言った。

それからまた、リュックサックに荷物を入れ始めた。手を伸《の》ばし、大好きなPURというグループのカセットを取って入れる。でも、ふと考えて、もう一度外に出す。リュックに入れていくべきか、テーブルに置いていくべきか、気持ちが決まらないのだ。カセットだけではない。夏休みの旅行に、そもそも何を持っていき、何を置いていけばいいのか、自分でもまだよくわからない。

　ふとった真っ黒な猫は、いちばんのお気に入りの場所である窓辺《まどべ》にすわって、そんな男の子の様子をじっと見守っていた。

「あれ、ぼく、ゴーグル入れたっけ？　ゾルバ、ゴーグル見なかった？　見ないよな、おまえは水がきらいだもんな。でももったいないよ、水泳ってほんとにおもしろいんだから。ゾルバ、ごはん食べておく？」

　そう言うと男の子は、キャットフードの箱を取り、いつもよりずっとたくさん皿にあけた。ふとった真っ黒な猫は、それを大事に味わうように、ゆっくりと、食べた。パリパリこうばしくて、魚のいい味がして、なんておいしいのだろう！

「本当に、この子はすばらしい子さ」黒猫は、口いっぱいにほおばりながら思った。「すばらしい子？　いやいや、それ以上だ。最高の子だ」飲みこみながら、心の中で言いなおす。

　ふとった真っ黒な猫、ゾルバがそう思うのも、もっともなことだった。男の子は、自分

Zorba

のおこづかいでおいしいキャットフードを買ってくれる。木箱の中にしつらえた、トイレの掃除《そうじ》もしてくれる。何でも話してくれて、いろいろなことを教えてくれる。

ときにはバルコニーの手すりにもたれて、絶え間《たえま》ないハンブルク港の動きを、いっしょに何時間も眺《なが》めていることもある。すると男の子は、こんなふうに声をかけてくれた。

「見てごらん、あの船。あれがどこから来たかわかる、ゾルバ？　リベリアだよ。リベリアは、アフリカの国。昔は奴隷《どれい》だった人たちが作った国さ。すごいだろ。大きくなったらぼくは、でっかい帆船《はんせん》の船長になって、リベリアに行くんだ。ゾルバもいっしょだよ。おまえはきっと、りっぱな海の猫になるぞ」

港に住んでいる子どもは誰《だれ》でも、はるかな国々への旅を夢見《ゆめみ》る。この男の子もそうだった。ふとった真っ黒な猫は、のどをごろごろ鳴らしながら、そんな男の子の話に耳を傾《かたむ》ける。そうして、七つの海を渡《わた》っていく帆船の上にいる、自分の姿を思い描《えが》いてみる。

そう、ふとった真っ黒な猫は、この男の子に深い愛情を抱《いだ》いていた。彼《かれ》が命の恩人《おんじん》であることを、忘《わす》れてはいないのだ。

ゾルバは昔、七匹のきょうだいたちと、かごの中で暮《く》らしていた。そのかごを出た、まさにその日から、彼のおかげで生きているのである。

かあさん猫がくれるミルクは甘《あま》く、あたたかかったが、ゾルバは、市場の男たちが大きい猫にやっているあの魚の頭を、食べてみたかった。もちろんひとり占《じ》めする気はなく、かごのところまで魚を運んできてみたいと思っただけだ。そこできょうだいたちには、猫語でニャーニャーこんなふうに提案《ていあん》してみた。

「これ以上かあさんのミルクを飲むのはやめようよ！　かあさん、どんどんやせてきちゃったもの。これからは魚を食べるんだ。それこそ港の猫の食べ物さ」

やがてかあさん猫がやって来て、ゾルバに向かってきびしい調子でミャオと鳴いた。

「おまえはすばしこいし、頭もいいわ。それはとてもいいこと。でもだからといって、油断《ゆだん》してはだめ。かごからは、決して出てはいけません。明日《あした》かあさって、おまえたちの運命を決めに、人間たちがここへ来るの。そうしたらおまえたちは、感じのいい名前をつけてもらって、食べる物にも不自由しなくなるのよ。港で生まれた猫は、幸せ。人間に大事にされ、守られて。彼らがわたしたちに期待しているのは、ネズミを寄《よ》せつけないことなの。ね、港の猫はとても恵まれているわ。でも、おまえは慎重《しんちょう》に。おまえには、もしかしたら何か不幸を呼《よ》ぶものがあるかもしれないから。きょうだいたちをごらん。みんな、グレーか、トラのようなしま模様《もよう》でしょう。それなのにおまえだけ、ほら、真っ黒で生まれてきたんだもの。あごの下に白い小さな星があるほかは、体じゅう黒いわ。人間の中にはね、黒猫は不幸をもたらすと思っている者もいるのよ。だから、ぼうや、決してかごから出てはだめ」

それなのにゾルバは――まん丸の小さな石炭のようだった子猫のゾルバは、かごから、出てしまった。あの魚の頭の味を、知りたかったからだ。世の中というものも、少し見てみたかったからだ。

だが、そう遠くへは行かなかった。ぴんと立てたしっぽをかすかに震《ふる》わせながら、ゾルバは魚屋をめざして駆《か》け出した。途中《とちゅう》で、頭を垂《た》れてうたた寝《ね》をしている、大きな鳥の前を通った。くちばしの下に巨大《きょだい》な袋《ふくろ》のある、かっこわるい鳥だった。そのとき突然《とつぜん》、子猫のゾルバは、足がふわっと地面から離《はな》れるのを感じた。そうして次の瞬間《しゅんかん》、わけもわからないまま、宙《ちゅう》にほうり出されていたのだ。かあさんのことばを思い出しながら、ゾルバは四本の足を落ち着けるべきところを、けんめいに探《さが》した。下では目をさました鳥が、口を開けて待ちかまえている。そこへゾルバは、まっさかさまに墜落《ついらく》した。中は暗く、ひどく居心地《いごこち》が悪かった。

「出して！　出してよ！」ゾルバは必死に叫んだ。

「おや。おまえさん、しゃべるのかい。ところでおまえさんは、何だ？」鳥は、くちばしを閉《と》じたまま、ガアガア言った。

「出してよ、引っかくぞ」ゾルバは威嚇《いかく》するように言う。

「おまえさんは、カエルだな。そうだろ？」相変わらずくちばしを開けずに、鳥が言う。

「窒息《ちっそく》しちゃうよ、このばか鳥！」ゾルバはニャーニャー騒《さわ》ぐ。

「そうか。カエルか。黒いカエルか。変わっとるな」

「ぼくは猫だ！　それに怒《おこ》ってる！　早くここから出さないと、後悔《こうかい》するぞ」子猫のゾルバは、暗い袋のどこに爪《つめ》を立てようかと考えながら、叫んだ。

「おまえさん、わしが猫とカエルの区別もつかんと思っとるのか？　猫は毛がふさふさで、身のこなしが速くて、スリッパの匂《にお》いがするもんじゃ。だからおまえさんは、カエルだ。前にカエルを食ったときは、なかなかうまかった。でもあれは、緑色だった。おまえさん、まさか毒ガエルなんてことはあるまいね？」鳥は急に不安そうに、ガアと鳴いた。

「そうさ！　ぼくは毒ガエルで、おまけに不幸をもたらすんだ」

「なんと！　だがこの間、毒ハリネズミを飲みこんだときには、何事も起こらなかったな。はて、おまえさんのことは、飲みこんだものか、吐《は》き出したものか？」鳥は考えこんだ。もうガアとも言わない。と思うと、突然羽をばたつかせてあばれ出し、ついにくちばしを開いた。

中からは、つばにまみれた子猫のゾルバが顔を出した。ゾルバは急いで地面に飛び下りた。目の前では、ひとりの男の子が、鳥の首をつかんで揺《ゆ》さぶっている。

「おい、おまえ、目が見えないのか？　まぬけなペリカンめ！　おいで、猫ちゃん。もうちょっとできみは、この島のお腹《なか》の中で、終わりになっちゃうところだったんだよ」男の子はそう言うと、ゾルバを抱き上げた。

以来、男の子とゾルバの友情《ゆうじょう》は、五年にわたって続いているのだ。

頭の上にやさしくキスされて、ゾルバは、思い出の世界から現実に戻った。男の子はリュックを背負《せお》い、すでにドアのほうに歩いている。そしてそこでもう一度ふり返ると、ゾルバに声をかけた。

「二か月したら帰ってくるからね。おまえのこと、毎日思っているからね。約束するよ、ゾルバ」

「バイバイ、ゾルバ。バイバイ！」男の子のふたりの弟たちも、声を張《は》り上げる。

そして、ドアが閉《し》まる。しっかりと鍵《かぎ》をかけている音が、聞こえてくる。ゾルバは道に面した窓まで走り、自分を養ってくれている家族が出発するのを見送った。

ふとった真っ黒な猫、ゾルバは、それから満足げにため息をついた。これから二か月の間、自分がこの家の主人になるのだ。えさとトイレは、毎日ここの家族の友人が来て、めんどうを見てくれる。そのうえソファでもベッドでも、好きなところで思うぞんぶんくつろげる。バルコニーに出たり、屋根に上ったり、年とったマロニエの枝《えだ》に飛び移り、長い幹《みき》をつたって中庭に下りるのもいい。久《ひさ》しぶりに、近所の猫たちとゆっくり会うこともできる。わくわくすることがいっぱいだ。退屈《たいくつ》なんかしない。ちっとも。

ふとった真っ黒な猫、ゾルバは、そう思った。これからいったい何が起こるのか、彼はまだ、何も知りはしなかった。

# 3　ハンブルクの港

ケンガーは、再《ふたた》び飛び立とうと羽を広げた。だがあっという間に、盛《も》り上がった波に飲みこまれてしまった。やっと海面に顔を出したものの、日の光が消えている。何度か強く頭をふった後、自分は大海原の呪《のろ》いをかけられてしまったのだと、ケンガーは悟《さと》った。急に、目が見えなくなってしまったのだ。

銀色のつばさのカモメ、ケンガーは、少しでも光が戻《もど》ってくるようにと、それから何度も水の中に頭をつっこんだ。彼女《かのじょ》の両目は、海面に広がった原油におおわれてしまっていたのである。羽も、べとべとした黒いものがついて、動かない。飛べないのなら、泳いでこの黒い波のただなかから脱出《だっしゅつ》しようと、ケンガーは思いきり脚《あし》を動かした。筋肉《きんにく》もせいいっぱい動いて、ケンガーはなんとか、海に広がった原油のしみの外へ出ることができた。きれいな海水が心地《ここち》いい。彼女は何度も水に頭をつっこんで、まばたきを繰《く》り返した。油の膜《まく》も、少しずつ目から取れていく。ケンガーは、空を見た。だが、はてしない天空と海の間には、ただ雲がぽっかり浮《う》かんでいるだけだった。〈赤砂灯台〉の仲間たちは、行ってしまったのだ。はるか、遠くに。

それは、カモメの世界の掟《おきて》だった。ケンガーも以前、黒い死の波に襲《おそ》われたカモメたちを、目撃《もくげき》したことがある。そのときケンガーは、たとえ助けることができないとわかっていても、下りていって、力になりたかった。しかし結局、そのままその場から、飛び去るしかなかった。仲間の死の場に居合《いあ》わせることを禁《きん》じた、カモメの掟に従って。つばさが張りつき、動けなくなってしまったあのカモメたちは、大きな魚たちの格好《かっこう》の餌食《えじき》になってしまったことだろう。あるいは、羽の間を流れ続ける原油に毛穴《けあな》という毛穴をふさがれ

て、ゆっくりと窒息死《ちっそくし》していったのかもしれない。

その同じ運命が、今、ケンガーを待ちかまえている。ああ、いっそ大きな魚に飲みこまれて、ひと思いに消えてしまいたい。ケンガーは、そう思った。

黒いしみ。黒い毒。運命の一瞬《いっしゅん》を待ちながら、ケンガーは、人間を呪った。

「いいえ、でも、人間みんなというわけではない。かたよった考え方はだめ！」ケンガーは、か細い声をふりしぼって、叫んだ。

彼女は上空から、何度も見てきたのだ。沿岸《えんがん》が霧《きり》に包まれる日を利用して、大きなタンカーが沖《おき》に出ては、自分のタンクの中を掃除するのを。何千リットルものどろりとした臭いものを、海に捨てるのを。そうしてそれらが、波に運ばれていくのを。

その一方で、小さなボートがやってきて、タンカーにタンクの掃除をさせないようにする光景も、目にしていた。だが残念ながら、虹《にじ》の色をしたその小さなボートは、海が汚《よご》されそうになるときに、必ず現れるというわけではない。

ケンガーはぼう然と、波に揺《ゆ》られ続けた。それは彼女の生涯《しょうがい》で、最も長い時間だった。

もしかしたら、わたしを待っているのは、最悪の死なのだろうか。魚に食べられてしまうより、窒息するより、もっと苦しい死――それは、餓死《がし》だ。

じわじわと訪《おとず》れる死の恐怖《きょうふ》に、ケンガーは絶望《ぜつぼう》のあまり、身をよじった。すると、まるで奇跡《きせき》のように、わずかにつばさが動いたのである。ケンガーは驚《おどろ》いた。羽にはどろりとしたものがしみこんでいるものの、とにかくつばさを広げることは、できる。

彼女はふと、フリージア諸島の年配のカモメから聞いた話を思い出した。確《たし》かイカロスという名前の人間が、飛びたいという夢をかなえるために、ワシの羽でつばさを作ったという話だ。ところがあまりにも高く飛び、太陽に近づきすぎたため、つばさを貼《は》りつけていた臘《ろう》が太陽の熱で溶《と》けて、墜落《ついらく》してしまったのだという。

ケンガーは何度かつばさを上下させ、脚を上げたが、何センチか浮き上がっただけで、また海に落ちてしまった。そこで今度は深くもぐり、少しでも油を落とそうと、水の中でつばさをふった。それから飛び上がると、一メートルぐらいは上がることができた。

いまわしい原油は尾の羽にべったりついており、そのためケンガーは、思うように体を上昇《じょうしょう》させることができない。彼女は再び海にもぐると、何層《なんそう》にもなって尾《お》に張りついている汚れを、なんとかくちばしでぬぐおうとした。ぬぐいきれず、羽を根元から抜《ぬ》きもした。全身に痛《いた》みが走った。ケンガーはその痛みに耐《た》えながら、尾の汚れを取り続けた。

そうして挑戦《ちょうせん》も五回目となったとき、とうとうケンガーは、飛び立つことに成功したのだ。

ケンガーは必死にはばたき続けた。べとつく原油の重みで、滑空《かっくう》することはもうできない。一度でも羽を休めれば、すぐに墜落するだろう。だが幸い、彼女は若《わか》く、筋肉にも力があった。

ケンガーは、空高く飛んだ。はばたき続けながら下を見ると、一本の白い線のような海岸線が、わずかに見える。一面に広がる青い海には、ミニチュアの置物のような船が、ぽつりぽつりと点在《てんざい》している。ケンガーは、さらに高く舞《ま》い上がった。だが太陽は、いつまでたっても、彼女の期待にこたえてはくれなかった。羽についた原油は、いつまでも溶けはしなかった。太陽光線の熱が弱すぎたのだろうか。それとも原油がつきすぎていたのだろうか。

わたしにはもう、ほとんど力が残っていない。ケンガーは思った。曲がりくねったエルベ川の流れに沿《そ》って、着陸場所を探しながら内陸まで行くほど、飛べはしない。はばたきは、しだいに重く、遅くなっていった。急速に、力が尽《つ》きかけていた。もうこれまでの高さでは、飛べなくなろうとしている。

それでもなんとか高度を保《たも》とうと、ケンガーは目を閉じ、最後の力をふりしぼった。それからいったいどれぐらい飛んだのだろうか。ふと目を開けると、下には、金の風見鶏《かざみどり》で飾《かざ》られた高い塔《とう》がそびえていた。

「聖ミヒャエリス教会！」ハンブルクの教会の塔だとわかり、ケンガーは声を上げた。

そしてそこで、彼女のつばさは、力尽きた。

# 4　猫が誓《ちか》った三つの約束

ふとった真っ黒な猫は、バルコニーでのどをごろごろいわせながら、日光浴を楽しんでいた。大好きな特等席であお向けになって、しっぽを思いきり伸《の》ばし、足を丸めて太陽の光を浴びるのは、なんて気持ちがいいのだろう。

そう思いながら、今度は腹《はら》ばいになろうとのんびり寝返《ねがえ》りをうったちょうどそのとき、何かがこちらに向かって、猛《もう》スピードで飛んでくる気配がした。ふとった真っ黒な猫は、さっと四つ足で立ち上がり、間一髪《かんいっぱつ》のところで身をかわした。見ると、一羽のカモメが倒《たお》れていた。

カモメはとても汚《よご》れていた。体じゅうに、いやな臭《にお》いのする黒いものがしみついている。

ゾルバはそっと近づいた。カモメはつばさを引きずるようにして、立ち上がろうとした。

「あまりエレガントな着陸ではありませんでしたね」ゾルバはミャーオと声をかけた。

「ごめんなさい。ほかにどうしようもなくて」カモメはクワッとこたえた。

「それにしても妙《みょう》な格好《かっこう》だな。何を体につけているんです？　ひどい臭いだ！」

「黒い波にやられました。あの黒い毒、海の呪いです。わたしはもう死ぬ……」カモメはうめくように言った。

「死ぬ？　そんなことを言っちゃいけない。きみは汚れて、疲《つか》れているだけだ。そうだ、動物園へ行ったらいい。ここからそう遠くないし、あそこならきみを助けてくれる獣医《じゅうい》さんもいる」ゾルバが言う。

「いいえ、これ以上はもう、飛べない」カモメはほとんど聞き取れないような声でそう言うと、目を閉じた。

「死んじゃだめだ！　少し休んだら、きっとよくなる。お腹《なか》がすいているだろう？　ぼくの食事を少し持ってきてあげるから。死んじゃいけない」ゾルバは、気を失ったカモメのそばへ寄《よ》った。

そうして汚れたカモメの頭を、思いきってなめてやった。カモメの全身をおおっているその汚れは、ひどい味がした。続いて首もなめてやる。ゾルバは、カモメの息が次第《しだい》に消え入りそうになっていくのに気づいた。

「きみを助けたい。でもどうすればいいんだ？　手当てのしかたをちょっと聞いてくるから、その間がんばっていてくれ」ゾルバはそう言うと、屋根に飛び移った。

そしてさらにマロニエの木へ行こうとしたとき、カモメが弱々しく呼ぶのが聞こえた。

「何か食べたくなった？」ゾルバは少しほっとしてたずねた。

「わたしはこれから卵《たまご》を産みます。最後の力をふりしぼって、産んでみます。猫さん、あなたはいい方だわ。高貴《こうき》な精神《せいしん》をお持ちだわ。わたしはあなたに、三つのことを約束してもらいたいの。聞いてくれますね？」カモメはなんとか起き上がろうと、思うようにならない脚《あし》を震《ふる》わせている。

かわいそうに、うなされているんだな、とゾルバは思った。こんなに哀《あわ》れな鳥を前にしては、どんなことでも聞いてやるよりほかにない。

「きみが望むこと全部を、約束する。でも今は、体を休めるのが先だよ」ゾルバは胸《むね》をしめつけられながらも、やさしく言った。

「わたしには、もう休んでいる暇《ひま》はないんです。どうか、わたしが産む卵は食べないと、約束してください」カモメは、目をしっかり開いて言った。

「約束する。卵は食べない」

「そしてひなが生まれるまで、その卵のめんどうを見てください」頭を起こして、カモメは続ける。

「約束する。ひなが生まれるまで、その卵のめんどうを見る」ゾルバがこたえる。

「最後に、ひなに飛ぶことを教えてやると、約束してください」カモメは、ゾルバの瞳《ひとみ》をじっと見つめて言った。

何だって、飛ぶことを教える？　ゾルバは、このカモメはうなされているのを通りこして、完全に頭がおかしくなったのだと思った。だが、こたえた。

「約束する。そのひなに、飛ぶことを教えてやる。さあ、もう休むんだ。ぼくは助けを呼んでくるから」ゾルバは、再びひらりと屋根に乗った。

ケンガーは空を見上げ、自分をここに運んでくれた恵《めぐ》みの風に、感謝《かんしゃ》した。そうして最後の吐息《といき》をついたとき、原油にまみれた体のかたわらには、青い斑点《はんてん》のある小さな白い卵が、ころがり出た。

# 5　助けを求めに

ゾルバは大急ぎでマロニエの幹《みき》をすべり下りると、野良犬《のらいぬ》たちに気づかれないよう全速力で中庭を駆《か》け抜《ぬ》け、通りに出、車が来ないのを確《たし》かめてから道をわたった。そして港のイタリアン・レストラン「クネオ」めざして走った。

だがその様子を、二匹の野良猫が、ごみ箱のまわりで鼻をくんくんいわせて、眺《なが》めていた。

「よう、兄弟、見たか？　なんてかわいい、丸々した猫チャン！」

「まったくですぜ、兄貴《あにき》。あんなに真っ黒けのところを見ると、あれは脂肪《しぼう》のかたまりじゃなくて、コールタールのかたまりでしょうな。おい、そこのコールタールのかたまりのチビ、どこに行くんだ？」

ゾルバはカモメのことが気がかりだったが、この挑発《ちょうはつ》を見過《みす》ごすわけにはいかなかった。立ちどまり、背中《せなか》の毛をさかだてると、ゾルバはごみ箱のふたに飛び乗った。

そうして片方《かたほう》の前足をゆっくり伸ばすと、マッチ棒《ぼう》のように長い爪《つめ》を一本出し、ちんぴらの片割《かたわ》れの顔面に迫《せま》った。

「どうだ、気に入ったか、これが？　同じモデルがあと九本ある。試《ため》してみたいか？」

低い声で、ゾルバは言った。

爪を突《つ》きつけられた野良猫は、思わずごくりとつばをのみ、爪から目を離《はな》さずに返事をした。

「いえ、とんでもございません。今日《きょう》はよいお天気で！　ほんとうに」

「じゃあ、おまえはどうだ？」ゾルバはもう一匹に迫《せま》る。

「あたしも、今日はまことによいお天気でと申し上げたまでで。散歩にはうってつけ、多少風が冷たいような気もいたしますが」

こうして決着がつくと、ゾルバは再びレストランへと走った。入口に着くと、中ではボーイたちが、昼のお客たちのためにテーブルを整えている。ゾルバはニャーニャーニャーと三回鳴き、敷居《しきい》のところにすわって待った。まもなく、〈秘書《ひしょ》〉が現れた。やせた野良猫で、ひげもたった二本しかない。鼻の左側に一本、そして右側に、もう一本。

「大変申し訳《わけ》ございませんが、予約のないお客様はうけたまわっておりません。あいにく満席でございまして」秘書はそう口を開いた。

そしてさらに何か言い足そうとしたが、ゾルバはそこで、さえぎった。

「〈大佐《たいさ》〉と話したいんだ。緊急事態《きんきゅうじたい》なんだ!」

「緊急事態! それは大変。何とかいたしましょう。でもあくまでも緊急事態だからということで」秘書はそう言うと、レストランの中に消えた。

大佐というのは、年齢不詳《ねんれいふしょう》の猫だ。すみかにしているこのレストランと同《おな》い年だという噂《うわさ》もあれば、いや、それよりもっと前から生きている、という噂もある。でもそれは、どちらでもいい。かんじんなのは、大佐には、困《こま》っている者に力を与《あた》えることのできる、不思議な助言の能力《のうりょく》があることだ。たとえ問題そのものが解決しなくても、彼のことばは相手の気持ちを落ち着かせて、勇気を与えてくれる。おかげで大佐は、港の猫たちの間での権威《けんい》となっていた。

秘書は、小走りで戻《もど》ってきた。

「どうぞ中へ。大佐はあなたに、お会いになるそうです。特別のはからいですが」

ゾルバは秘書の後に続いた。レストランのテーブルの下をくぐり、椅子《いす》の下を抜《ぬ》け、二匹は地下貯蔵庫《ちょぞうこ》に続く扉《とびら》に着いた。そうして、そこから狭《せま》い階段《かいだん》を飛び下りていくと、そこに、大佐がすわっていた。大佐はしっぽをまっすぐ立てて、シャンパンのビンのふたを調べているところだった。

「ポルカ・ミゼーリア（こんちきしょう）！　ネズミのやつらが、店一番のシャンパン

のふたをかじりおった。おお、ゾルバか、カロ・アミーコ（わが親友よ）」イタリア語で鳴く癖《くせ》のある大佐は、そう言ってゾルバを迎《むか》えた。

「お仕事中のところ、おじゃましまして申し訳ありません。じつは大変困ったことになっておりまして、ぜひともお知恵《ちえ》を拝借《はいしゃく》したいのです」ゾルバは言った。

「ああ、わしはそのためにここにおるのじゃよ、カロ・アミーコ。秘書！　わしのアミーコに、今朝《けさ》のラザーニャを少しお出しして」大佐は指図する。

「でも、あれは全部食べておしまいになったじゃありませんか！　わたくしなど、匂いをかぐことすらできなかった」秘書は恨《うら》めしそうに言った。

ゾルバは、お腹はすいていないので、と言いながらもお礼を述《の》べ、あのカモメの突然《とつぜん》の来訪《らいほう》と、痛《いた》ましい状況《じょうきょう》と、守ると誓わされてしまった三つの約束について、手みじかに話した。大佐は黙《だま》って聞いていたが、やがて長いひげをなでながら考えこみ、最後に、力強い鳴き声を発した。

「ポルカ・ミゼーリア！　その気の毒なカモメを、なんとかして再び飛べるようにしてやらねばならん」

「ええ、でも、どうやって？」ゾルバがたずねる。

「ここは〈博士《はかせ》〉に相談するのがいちばんでしょう」横から秘書が言った。

「わしも今、そう言おうと思ったところじゃ。おまえはどうしていつも、そうやってわしの言うことに口をはさむんだ」大佐が抗議《こうぎ》するように言う。

「なるほど。それはいい考えだ。では博士に会いに行ってきます」ゾルバが言った。

「いや、いっしょに行こう。港では、一匹の猫の問題は、すべての猫の問題じゃ」大佐はおごそかに告げた。

三匹の猫は地下貯蔵庫を出ると、港に面した家々の迷路《めいろ》のような中庭を通り抜けながら、博士の神聖《しんせい》なる〈研究所〉に向かって、走っていった。

# 6 奇妙《きみょう》な館

博士《はかせ》の住まいは〈研究所〉とはいっても、実際《じっさい》どんな場所なのか説明するとなると、ちょっとむずかしい。なにしろそこは、一見まるで、奇妙ながらくたの山にしか見えないのだから。いや、摩訶不思議《まかふしぎ》な博物館というべきか。あるいはこわれた機械の保管庫《ほかんこ》、世界一混沌《こんとん》とした図書館、何と名づけていいかわからない物ばかり発明する発明家の実験室。とにかくそんなふうなのだ。それでも、そんなことなどものともせずに、というよりそうした説明などまるで超越《ちょうえつ》して、その館は、建っていた。

館は「ハリーの港のバザール」と呼ばれている。所有者は、老水夫ハリー。およそ五十年の船乗り生活の間に、七つの海の百もの港で、あらゆる種類の物を集めてきた。そうして、いよいよ老《お》いが骨《ほね》の髄《ずい》までしみこんできたと感じ始めると、陸《おか》に上がり、それらのコレクションで雑貨屋《バザール》風の展示館《てんじかん》を開くことにしたのだ。

ハリーはまず、港に面した通りに三階建ての家を借りた。ところがコレクション全部をおさめるにはそれではとても足りず、もう一軒《いっけん》、二階建ての家を隣《とな》りに借りた。ところがそれでもまだ足りず、とうとう三軒目も借りて、やっとすべての物が並《なら》べられるようになったのだ——そしてその並べ方も、実に個性的な、彼独自《かれどくじ》の整理整頓《せいとん》のセンスによるものだった。

というわけで、数々の狭《せま》い階段《かいだん》と廊下《ろうか》でつながれた三軒の家には、風変わりなコレクションが、百万個近く陳列《ちんれつ》されている。その内訳《うちわけ》はざっと——

風に飛ばされたしなやかなつば広帽《ぼう》七二〇〇個

世界一周しなくてはならないプレッシャーにめまいを起こしてとれた船の舵《かじ》一六〇個
おそろしく濃《こ》くたちこめた霧《きり》の中を照らした船の明かり二四五個
短気な船長たちにたたきこわされた通信指令機十二個
一度も狂《くる》わなかった羅《ら》針盤《しんばん》二五六個
実物大の木製《もくせい》のゾウ六個
サバンナを見つめているキリンの剝製《はくせい》二個
北極グマの剝製一個、その胃袋から出てきたノルウェーの探検家の手の剝製つき
熱帯の夕暮《ゆうぐ》れのさわやかなそよ風を思い出させてくれる扇風機《せんぷうき》七〇〇台
このうえなく楽しい夢を見せてくれるジュート製ハンモック一二〇〇個
愛の物語にだけ出演していたスマトラ島の操《あやつ》り人形一三〇〇個
見れば必ず幸せな気持ちになれる景色《けしき》を映《うつ》し出すスライド映写機《えいしゃき》一一三台
四十七か国語にわたる小説五万四〇〇〇冊
エッフェル塔の模型《もけい》二個。五〇万本の縫《ぬ》い針《ばり》でできているものと三〇万本のつまようじ

でできているもの
カルタヘーナを攻撃《こうげき》したイギリスの海賊船《かいぞくせん》の大砲《たいほう》三台
北海の底で見つかった錨《いかり》十七個
夕日の絵二〇〇枚《まい》
有名作家たちの愛用タイプライター十七台
身長二メートル以上の男性用ネルのズボン下一二八枚
小人《こびと》用燕尾服《えんびふく》七枚
海泡石《かいほうせき》のパイプ五〇〇個
南十字星を指す昔の天体観測器《かんそくき》アストロラーベ一個
伝説的な遭難事故《そうなんじこ》の音がはるかかなたから響《ひび》いてくる巨大《きょだい》な貝殻《かいがら》七個
赤い絹糸《きぬいと》十二キロメートル分
潜水艦《せんすいかん》のハッチ二個
そしてそのほか、まだまだたくさん。

このハリーのバザールを見るには、まず入口で入場料を払《はら》わなくてはならない。そして中に入ったら、今度は狭いたくさんの階段と廊下でつながった三軒分の家の、窓のない迷《めい》宮《きゅう》のような部屋の数々で、迷子にならないよう、方向感覚を鋭《するど》く保《たも》ち続けなくてはならない。

またハリーには、二匹のペットがいる。一匹はマチアスという名のチンパンジーで、これが入口にすわって、入場料係兼守衛《けんしゅえい》をやりつつ、老水夫のチェッカーの相手をしている——もちろんとてもへただ——、おまけにビールを飲み、いつもお釣《つ》りをごまかそうとする。

そうしてもう一匹が、かの博士。やせた小さな灰色《はいいろ》の猫で、ここにある膨大《ぼうだい》な数の本の研究に、日々をついやしている。

大佐と秘書とゾルバは、しっぽを高くかかげてバザールの中へ入っていった。あいにく、カウンターの向こうにハリーの姿はなかった。老水夫ハリーがいたなら、いつものように、彼ら猫たちにやさしいことばをかけて、ソーセージもくれただろうに。

「ちょいと待った！　入場料はどうした？」かわりにマチアスが、かん高い声で叫んだ。

「わたくしたち猫に、いつから入場料がいるようになったのですかね？」秘書が聞く。

「扉《とびら》に『入場料二マルク』と書いてある。猫はただとは、どこにも書いてない。耳をそろえて八マルク、さもなきゃとっととうせな！」チンパンジーはエネルギッシュに叫び続ける。

「お猿《さる》どの、算数はいささか不得意とみえますな」秘書はニャーオとこたえた。

「わしも今、そう言おうと思ったところじゃ。またしても、横から口をはさんだな」大佐が言う。

「よくまあベラベラしゃべって！　早く払いな。さもなきゃ、うせな！」マチアスが叫んだ。

ゾルバはカウンターに飛び移ると、マチアスの目をじっと見すえた。いつまでたっても目を離してもらえないマチアスは、とうとうまばたきをして、涙《なみだ》ぐんだ。

「うん、ほんとうは、六マルクだった。誰《だれ》にでもまちがいはある」マチアスはおどおどと口を開いた。

ゾルバはなおも目を離さず、右の前足から爪を一本出してみせた。

「気に入ったか、これが、マチアス？　同じモデルがあと九本ある。これで、いつも風にさらされているその赤い尻《しり》を、なでてもらいたいか？」ゾルバは低い声で言った。

「わかった、今回だけは特別だ。ただで入ってもいい」平静をよそおって、チンパンジーはこたえた。

三匹の猫は誇《ほこ》り高くしっぽを立てて、廊下だらけの迷宮の中へ、入っていった。

# 7 百科事典を読む猫

「なんということだ！　なんということだ！　なんということが起こってしまったんだ」

三匹を見るなり、博士は叫んだ。

博士はいらいらと、ページを開けたまま床《ゆか》に置いてあるぶあつい本の前を行ったり来たりしては、ときおり前足で頭を抱《かか》えこんでいる。絶望《ぜつぼう》は、そうとう深いらしい。

「何が起こってしまったのです？」秘書がニャーとたずねた。

「わしも今、そうたずねようと思ったところじゃ。おまえは、どうしても横から口をはさまないではいられない性分《しょうぶん》のようだな」大佐が言う。

「まあまあ、いいじゃないですか」ゾルバがなだめる。

「なんだと！　ちっともよくなんかない。ああ、なんということだ、なんという！　あのいまいましいネズミどもが、世界大地図帳をまるまる一ページ、かじってしまったんだ。ああ、マダガスカルの地図が、消滅《しょうめつ》してしまった。なんということだ！」博士はひげを引っぱりながら、なげいた。

「秘書よ、今度こそあいつらを追放する戦《いく》さを必ず始めるよう、忘《わす》れずにいてくれ。そのマサガス、マサガマス……、とにかくそれを、食っちまったやつらを追放するのだ」大佐が言った。

「マダガスカル」涼《すず》しい顔で、秘書が訂正《ていせい》した。

「ああ、そうとも。そうやって、横から口をはさみ続けるがいい。ポルカ・ミゼーリア！」大佐はひときわ大きな声で言った。

「その折には、ぼくも力になりますよ、博士。ところでわれわれがうかがったのは、今

大変な問題を抱えているからなんです。あなたは何でも知っているから、助けていただけるのではないかと思って」ゾルバはそう切り出すと、カモメの悲しい物語を語った。

博士は、じっと耳を傾《かたむ》けた。ときにうなずきながら、ときに、あまりに心を揺《ゆ》さぶるゾルバの語りぶりに、激《はげ》しくしっぽを震《ふる》わせながら。だがそのたびに、博士は後ろ足で、あふれそうになる感情《かんじょう》としっぽとを、おさえ続けた。

「……というわけで、ぼくは彼女をそこへ置いてきたのです、つい先ほど……」ゾルバはしめくくった。

「なんという話だ、なんという！　ううむ、少し考えさせてくれたまえ。カモメ、原油……原油……カモメ……病気のカモメ……そうだ、百科事典にあたってみよう！」顔を輝《かがや》かせて、博士は叫んだ。

「何だって？」三匹はいっせいに言った。

「ひゃっ・か・じ・て・ん。わからないことを調べるための本なんだ。この件《けん》では、第六巻《かん》と第九巻、『か』と『け』の巻を調べなくては」博士は決然とした調子で宣言《せんげん》した。

「ふむ、そのひゃっく、ひゃっこ……」大佐が言いかける。

「ひゃっ・か・じ・て・ん」秘書が悠然《ゆうぜん》と言う。

「わしも今、そう言おうと思ったところじゃ。おまえは、横から口をはさむという誘惑《ゆうわく》に、どうしても勝てんようじゃな」大佐が不満そうに言う。

博士は、ぶあつい本が堂々と並んでいる巨大な書棚《しょだな》の上に飛び乗ると、そこで「か」と「け」の文字がついている一冊を探して、下に落とした。続いて自分も飛び下りると、その百科事典を開く。本のページをめくり続けているために、すっかり短くなった爪で。あとの三匹は敬意《けいい》を表《ひょう》して、沈黙《ちんもく》を守る。博士はほとんど聞き取れないほどの声で、つぶやき続ける。

「これですべてわかるはずだ。なんとおもしろい！『カイコ』『カササギ』『カタツムリ』。なんと興味《きょうみ》深い！カタツムリというのは、なかなか妙《みょう》な生き物のようだぞ。『殻《から》の渦《うず》巻《ま》きは、右巻きが多い』。ほーう。『雌《し》雄《ゆう》同体』なんと！」博士はすっかり熱中して叫ぶ。

「カタツムリはどうでもいいのです。われわれが知りたいのは、カモメなのです」秘書がさえぎった。

「横から口をはさむのは、いいかげんにやめてもらえんかね？」大佐がうなるように言う。

「失礼。でもわたしにとって、百科事典には抗《こう》しがたい魅力《みりょく》があるのです。なにしろページを開くたびに、新たな事実を知ることができる。『カマキリ』『カモメ』。あった！」

博士は叫んだ。

ところが、百科事典に書いてあることは、あまり彼らの役には立たなかった。結局、問題のカモメが銀カモメの仲間に属《ぞく》し、羽の色からそう呼ばれるのだということぐらいしか、わかりはしなかったのだ。

原油についてもまた、百科事典では、どのようにカモメを救えばいいのかわからないままだった。三匹とも、一九七〇年代に起きた原油をめぐる中東戦争について、延々《えんえん》とまくしたてる博士の説明に、じっと耐《た》え続けたというのに。

「要点をお願いします！　これでは堂々めぐりだ」ついにゾルバが言った。

「なんということだ、なんということ！　百科事典に期待を裏切《うらぎ》られるとは、初めての経験《けいけん》だ」博士はとまどいのあまり、なげき声を上げた。

「つまりその、ひゃっと、ひょっと……ええい、言いたいことはわかるな、そこには役に立つアドバイスは書かれてはおらん、ということか。原油のしみをどのように取ったらいいかというようなことは？」大佐が聞いた。

「そうだ！　なんと天才的な！　そこから始めればよかったんだ。ただちに第十二巻を見てみよう。『し』の巻だ。『しみ抜《ぬ》き』だ」博士はもう書棚に飛び移っている。

「見たか。おまえが、横から口をはさむという不愉快《ふゆかい》きわまりないまねさえしなければ、もっと早くに解決《かいけつ》できておったんじゃ」珍《めずら》しく口を開かなかった秘書に向かって、大佐は満足げに言った。

さて「しみ抜き」についてのページには、ジャムのしみ、墨《すみ》でつけたしみ、血のしみ、フランボワーズのシロップのしみの取り方などと並んで、原油のしみの取り方も、確かにのっていた。

『しみになった部分は、ベンジンを含《ふく》ませた布《ぬの》でふきとる』これだ、よし！」博士は有《う》頂天《ちょうてん》になって叫んだ。

「よし、じゃありませんよ、まったく。ベンジンはどこで手に入れればいいんですか？」

不機嫌《ふきげん》そうに、ゾルバがつぶやいた。

「待て、わしの記憶《きおく》では、確かレストランの地下貯蔵庫に、刷毛《はけ》の入っているベンジンの壺《つぼ》があったぞ。後はどうすればよいか、秘書がすべて知っておる」大佐がミャオーと鳴いた。

「失礼ですが、大佐、今のおことばがよくわからなかったのですが」秘書が口を出した。

「じつに簡単《かんたん》なことじゃよ。おまえがしっぽをそのベンジンに浸《ひた》す。そうしてみんなで、気の毒なカモメの手当てをするんじゃ」他の面々を見まわしながら、大佐がこたえる。

「いいえ、それはだめだ、問題外です！」秘書は抗議《こうぎ》した。

「ところで今夜のメニューには、レバーのクリームあえがいつもの倍あったな」ひとりごとのように大佐が言う。

「わかりました、しっぽをベンジンに浸せばいいんですね……。レバーのクリームあえとおっしゃいましたね?」意を決して、秘書は言った。

博士も一行に加わることになり、四匹の猫は、ハリーのバザールの出口めざして走っていった。例のチンパンジーは、ビールをちょうど一杯《いっぱい》飲んだところだった。それで彼らが出ていくのを見ても、ただ大きなげっぷをしただけだった。

# 8　ゾルバ、卵《たまご》をあたためる

すでに遅《おそ》かった。

バルコニーに着いたとたん、四匹にはそれがわかった。大佐も博士もゾルバも、もはや動くことのないカモメを、敬意《けいい》をこめて見つめた。秘書だけが、ベンジンの臭《にお》いをなんとかまぎらそうと、さかんにしっぽをふり続けていた。

「つばさを閉じてやらねば。それが、こういう場合のしきたりじゃ」大佐がおごそかに告《つ》げた。

亡骸《なきがら》は、臭《くさ》くてべとべとした原油にまみれていたが、それでも彼らは、その胴体《どうたい》に沿《そ》ってつばさを閉じてやった。そしてそのとき、かたわらに青い斑点《はんてん》の模様《もよう》の卵があるのを、見つけたのだ。

「卵だ！　卵を産んだんだ！」ゾルバは叫んだ。

「きみは、まったくもって奇妙な話に巻きこまれたもんじゃな、カロ・アミーコ、まったくもって」大佐がうなった。

「いったい、この卵はどうしたらいいんだろう？」ゾルバはいっそう途方《とほう》に暮《く》れて、つぶやいた。

「卵には、じつにさまざまな用途《ようと》がございますよ。たとえばオムレツにする」横から秘書が言う。

「そうとも！　百科事典を開いてみれば、最高のオムレツの作り方がすぐわかるはずだ。この件については第五巻、『お』の巻を見ればいい」博士も請《う》け合う。

「黙《だま》れ。いかん！　ゾルバはこの気の毒なカモメに、卵とひなのめんどうを見ると約束

した。港では、一匹の猫が名誉《めいよ》にかけて誓《ちか》った約束は、港じゅうのすべての猫の約束じゃ。いいか、この卵には、指一本触《ふ》れてはならん！」大佐が厳粛《げんしゅく》に申しわたした。

「でもどうやって卵のめんどうを見ればいいんでしょう？　そんなこと、したことないですよ」ゾルバは絶望的な気分でミャーオと鳴いた。

そこでみんなは、いっせいに博士を見た。かの「ひゃっ・か・じ・て・ん」を調べれば、何かわかるかもしれない。

「よろしい、第十六巻、『た』の巻を見よう。きっと卵について知らなくてはならないことが、すべて出ているはずだ。でもまずは、あたためなくてはいけない、体で。体温が必要なんだ」わけ知り顔で、説教でもするように、博士が言う。

「要するに、卵の上に伏《ふ》せる、しかも割《わ》らないように。そういうことですな」秘書が解《かい》説《せつ》する。

「まさに今、わしがそう言おうとしたのに。おまえがわしの横から口をはさむ才能《さいのう》には、恐《おそ》るべきものがあるな。ゾルバ、卵の近くに寄《よ》りなさい。わしらは博士について、例の、ひゅっく、ひょっこ……言いたいことはわかるな、つまりそれを見に行ってくる。そうしていろいろとわかったら戻ってきて、今夜は、このかわいそうなカモメの、葬式《そうしき》をしてやろう」大佐はそう言うと、屋根に飛び移った。

博士と秘書も、その後に続いた。ゾルバ一匹が、バルコニーに残された。卵と、カモメの亡骸とともに。ゾルバは慎重《しんちょう》に、卵の上におおいかぶさると、腹のほうへ卵を引き寄せた。なんだかばかみたいな気がした。一瞬《いっしゅん》、もし今朝《けさ》会ったあのちんぴらの野良猫どもに見られたら、何とはやしたてられるだろう、と思った。

だが約束は、約束だ。

バルコニーで日の光を浴び続けるうちに、ゾルバはやがて、うとうとと眠《ねむ》りに落ちた。青い斑点のある白い卵を、真っ黒な体で抱いたまま。

## 9 悲しみの夜

月明かりの中で、秘書と博士とゾルバは、マロニエの木の根元に穴《あな》を掘《ほ》った。それから、つい先ほど人間が誰も見ていないのを確認《かくにん》して、バルコニーから中庭へそっと落としておいたカモメの亡骸《なきがら》を、大急ぎでその穴へ運ぶと、上から土をかけた。やがて大佐が、重々しく口を開いた。

「親愛なる猫たちよ、今宵《こよい》は、名前を知る間もなく逝《い》ってしまった不幸なる一羽のカモメに、永遠《えいえん》の別れを告げよう。彼女については、われらが仲間、博士のおかげで、銀カモメであったということと、非常《ひじょう》に遠い、おそらく川が海となる国から来たのであろうということが、わかっているだけだ。だが最も重要なのは、彼女が死の直前に、われらが仲間、ゾルバのところへやってきて、すべてを彼に託《たく》していったということなのだ。ゾルバは、瀕死《ひんし》の彼女が産んだ卵と、そこから生まれてくるひなのめんどうを見ると、約束した。さらに困難なことには、仲間たちよ、彼はひなに飛ぶことを教えるとまで約束したのじゃ……」

「飛ぶ、第二十巻、『と』の巻」ふと博士がつぶやくのが聞こえた。

「まさに大佐殿《どの》も今、そう言おうと思っておられたところですよ。横から口を出すもんじゃありません」秘書が注意する。

「……まったくもって、困難《こんなん》きわまりない約束である」大佐は表情《ひょうじょう》を変えずに続ける。

「しかし、港の猫に、二言《にごん》はない。わしはここに、われらが仲間、ゾルバがひなの誕生まで卵の世話をすることと、同じくわれらが仲間の博士が、そのひょっこ、ひゅっこ……要するにその書物で、飛ぶことについてのあらゆる方法を調べることを、命じる。さあ、人

間の手による災難《さいなん》の犠牲《ぎせい》となったこのカモメに、最後の別れを告げよう。月を見上げ、港の猫の、惜別《せきべつ》の歌をささげよう」

年老いたマロニエの木の根元で、四匹は悲しみの祈《いの》りをあげ続けた。やがてそれにこたえるように、まず近所じゅうの猫たちが、いっせいに鳴き出した。ほどなく、川の向こうの猫たちの鳴き声も、そこに加わった。そうしてその大合唱に、ついには犬たちの遠吠《とおぼ》えも加わり、かごの中のカナリアたちや巣の中のスズメたちもさえずり出し、カエルたちも悲しげに鳴き始めた。チンパンジーのマチアスさえも、キーキーとその祈りに加わった。

ハンブルクの家々の窓に、次から次へと明かりがついた。住人たちは顔を見合わせては、なぜ今夜は突然、動物たちがこんなにも悲しげに鳴くのだろうと、いぶかった。

# 第2部

## 1　ひな鳥のママはオス猫

　ふとった真っ黒な猫は、くる日もくる日も卵をあたため続けた。何かのはずみで体が動いて、ほんの数センチでも卵が動いてしまうと、ビロードのように柔《やわ》らかな足で、細心の注意を払《はら》って抱《だ》きなおした。毎日が長く、落ち着かなかった。ときどき、まったくむだな、むなしいことをしているような気持ちにおそわれた。卵は、何の命も宿っていない、ただのこわれやすい石のようにしか思えなかったからだ。それがたとえ、白くて青い斑点《はんてん》のある美しいものだとしても。

しだいに彼は、運動不足で体がなまってきた。なにしろ大佐の命令で、食事とトイレのとき以外は、卵から離《はな》れてはいけないと言われている。ある日、彼はついに、石灰質《せっかいしつ》のただの丸いものにしか見えないものの中で、本当にカモメのひなが育っているのか、どうしても確かめてみたくなった。彼は片方《かたほう》の耳を、卵につけてみた。続いて、もう片方も。だが何も、聞こえない。そこで今度は、卵を日の光にかざしてみた。やはり、何も見えない。青い斑点のある白い殻《から》はぶあつくできていて、少しも透《す》けて見えはしなかった。

大佐と秘書と博士は、毎晩《まいばん》やってきた。そうして卵が、博士の言うところの「望ましい成長」を遂《と》げているかどうか調べようとするのだが、どこから見ても、いちばん最初の日と、何の変わりもない。そこで彼らは、それとなく話題を変える。

博士は、百科事典に卵が孵化《ふか》するまでの正確《せいかく》な日数がのっていないと言って、なげきになげいた。ぶあつい事典の中でやっと見つけた説明にしても、「種類によって十七日から三十日で孵化する」という、なんとも大ざっぱなものでしかなかったのだ。

ふとった真っ黒な猫にとって、卵をかえすのは決して簡単《かんたん》なことではなかった。そのうえ、留守《るす》の間、彼のめんどうを見てくれている近所の人が、ある朝、そろそろ埃《ほこり》がたまったようだから掃除機《そうじき》をかけようと考えるとは、思ってもみなかった。

毎朝、その人が来る時間になると、ゾルバはバルコニーにある花の植木鉢《うえきばち》の間に、卵をかくしていた。そうして、トイレの掃除をし、えさの箱を開けてくれるこの人に、何分かおつき合いをした。仕上げにはミャーオと鳴き、お礼に体をその人の脚《あし》にすりつける。するとその人は、ほんとうにかわいい猫だ、と言いながら、行ってしまう。ところが今朝《けさ》は、居間《いま》をはじめ、どの部屋にも掃除機をかけた後に、こういう声が聞こえてきたのだ。

「さて、最後にバルコニーだな。いちばん汚《よご》れているのは、きっと植木鉢の間だろう」

次の瞬間《しゅんかん》、台所では、皿《さら》が宙《ちゅう》を飛び、粉々に砕《くだ》け散った。人間は台所に飛んでくると、ドアのところからどなった。

「ゾルバ、気でも違《ちが》ったか。見てみろ、自分のしたことを！　そこをどくんだ、ばかだな、ガラスの破片《はへん》で足でも切ったらどうする」

何と不当な侮辱《ぶじょく》！　ゾルバはしっぽを垂《た》れ、しょんぼりしたふりをして台所を出ると、そこからはバルコニーめがけて一目散《いちもくさん》に走った。

ベッドの下まで卵をころがしていくのは、なかなか大変だった。だがどうにかゾルバはやり遂《と》げ、そこで、掃除が終わり、人間が帰っていくのを待った。

そうして、二十日目《はつか》の晩《ばん》。ゾルバはうとうとまどろんでいて、卵がかすかに動いたことに、気がつかなかった。卵は確かに動いていた。まるで、これから自分でころがり出したいとでもいうかのように。

なんだかお腹《なか》がくすぐったくて、ゾルバは目をさました。そうして、卵に割《わ》れ目ができ、そこから小さくとがった黄色いものが見えかくれしているのを見つけて、飛び上がった。

ゾルバは前足の間にしっかり卵をはさむと、内側からひながくちばしでつついて穴《あな》を開けようとするのを、息を殺して見守った。やがて穴から、まだぬれたままの白い頭が、ぴょこんと現れた。

「ママ！」カモメのひなが、産声《うぶごえ》をあげた。

ゾルバは、何とこたえればいいのかわからなかった。

真っ黒であるはずの自分の毛並《けな》みが、きっと今は、こみ上げてくる感動のせいで紫《むらさき》色に変わってしまっているに違いない、と思うのが、やっとのことだった。

## 2　ママは大変

「ママ！　ママ！」殻《から》から出たひなは、鳴き続けた。

ひなはミルクのように真っ白で、全身、まだ薄《うす》く、短く、まばらな羽毛《うもう》におおわれていた。何歩か歩いてみようとするものの、すぐによろめいて、ゾルバのお腹のあたりに倒《たお》れてしまう。

「ママ！　おなかすいた！」ゾルバの毛をついばみながら、ひなはピーピー鳴いた。

いったい何を食べさせたらいいのだろう？　この点について、博士は何も教えてはくれなかった。カモメが魚を食べるというのは知っていたが、それにしても、どこで魚を手に入れればいいのだろう？　ゾルバは台所に走っていくと、りんごを一個ころがしながら戻ってきた。

ひなは、おぼつかない足取りながらもなんとか立ち上がると、一生懸命《いっしょうけんめい》りんごのところまで来た。そうして小さな黄色いくちばしでつついてみたが、りんごはまるでゴムでできているようにびくともしないうえに、つつかれた反動でごろりと戻ってきた。ひなは、後ろへはじき飛ばされた。

「おなかすいた！　ママ！」ひなは怒《おこ》って泣いた。

ゾルバは、自分の皿を空にしてしまったことを後悔《こうかい》しながら、今度はじゃがいもを持ってきた。それから、自分のキャットフードを。この家の人たちがヴァカンスに出かけてしまった今、食べ物の選択肢《せんたくし》はそう多くはないのだ。どうしたらいいのだろう。小さなくちばしはまだ弱々しくて、じゃがいもにもお手上げだ。追いつめられて、ゾルバはふと、ひなも鳥であり、鳥は虫を食べるということに、思いいたった。

ゾルバはバルコニーに出ると、近くにハエが止まるのを待った。そうしてみごとに一匹しとめると、お腹をすかせたひなに与《あた》えた。

ひなはそれをくちばしでとらえると、よく嚙《か》みしめてから、目を閉じて飲みこんだ。

「おいしい！　おかわり！　ママ、おかわり！」ひなは大喜びだ。

ゾルバはバルコニーを、はしからはしまで飛びまわった。そうしてハエを五匹とクモを一匹つかまえたのだが、ちょうどそのとき、向かいの家の屋根から、聞き覚えのある、あの野良猫どもの声が響《ひび》いてきた。

「おい、見ろよ！　あのチビデブが運動してるぜ。なんて格好《かっこう》だ、踊《おど》り子のつもりか」

「いや、やつはエアロビクスをしているんだと思いますね。なんとお美しい！　なんと優雅《ゆうが》でしなやか！　おい、そこの脂肪《しぼう》のかたまり、おまえ、どっかの美人コンテストにでも出る気か？」

二匹のちんぴらは、中庭の向こうで笑った。

ゾルバは鋭《するど》い爪の一撃《いちげき》をお見舞《みま》いしてやりたくてたまらなかったが、ここからでは遠すぎる。しかたなく、とらえたばかりの獲物《えもの》を持って、腹ぺこのひなのもとへ戻った。

ひなはあっという間に、五匹のハエをたいらげた。でもクモは食べようとしなかった。

それから、ようやく満腹《まんぷく》になったのか、小さなしゃっくりをすると、ゾルバのお腹のあたりで体を丸めた。

「ママ、ねむい」

「あのね、悪いんだけど、ぼくはきみのママじゃないんだ」ゾルバは言った。

「ううん、ママだもん。とってもやさしいママだもん」そう言いながら、ひなはゆっくり目をつぶった。

その晩、大佐と秘書と博士が来てみると、ゾルバのかたわらには、やすらかに眠《ねむ》っているひな鳥の姿《すがた》があった。

「これはこれは、おめでとうございます！　かわいいひなですねえ。何グラムでした？」

博士が声をかける。

「何だ、その質問《しつもん》は？　ぼくは、この鳥の母親じゃあない」ゾルバはむっとする。

「赤《あか》ん坊《ぼう》が生まれると、そういうふうにたずねるものなんじゃ。そうかっかするな。いや、ほんとうに、かわいらしいひなじゃないか」大佐がミューと鳴く。

「何ということだ！　何ということ！」突然、博士が、前足を口に当てて叫んだ。

「何が何ということなのかな？」大佐が聞いた。

「ひなにやるためのえさが、何もないじゃありませんか。ああ、何ということ！」博士は叫び続ける。

「そうなんだ。さっきハエを少しやったんだが、すぐにまたお腹をすかすだろうな」ゾルバがこたえた。

「おい秘書、何をぐずぐずしておる」大佐が迫《せま》った。

「は？　何のことでしょう？」秘書はとぼける。

「レストランまでひとっ走りして、イワシを持ってこんか」大佐が命令した。

「でもなぜわたしが？　なぜ使い走りをするのは、いつもわたしなんです？　ベンジンにしっぽをつけたのも、わたし。イワシを取りに行くのも、わたし。なぜいつも、わたしばかりが？」秘書は抵抗した。

「なぜなら、今夜のメニューには、ローマ風イカの煮込《にこ》みがあるからじゃ。それでもまだ行きたくないのかな？」と大佐。

「わたしのしっぽは、まだベンジン臭《くさ》いんですが……ローマ風イカの煮込みとおっしゃいましたね？……」秘書は屋根に飛び移りながら、念を押《お》した。

「だあれ、ママ？」ひなが目を覚まし、お客たちを指して、大きな声を上げた。

「ママ！ ママと言いましたね！ なんと感動的なんだ！……」博士が叫び、ゾルバは目で、黙《だま》れと言った。

「よろしい、カロ・アミーコ、きみは、まずひとつ目の約束をはたした。そして今や、ふたつ目もはたそうとしているわけだ。残るはあとひとつ、三番目の約束だけではないか」大佐が朗々《ろうろう》と告げた。

「ええ、いちばん簡単な！ 飛ぶことを教えるという……」皮肉まじりにゾルバが言った。

「いや、きっとできる。百科事典で研究してみるから。でも知識《ちしき》を得るというのは、時間がかかることなのです」博士がきっぱりと言った。

「ママ、おなかすいた！」ひなが、横から叫んだ。

# 3　ピンチ、またピンチ

ひなが生まれた翌日《よくじつ》から、ゾルバには、新たな難問《なんもん》がいくつも降《ふ》りかかってきた。

まずあの近所の人に見つからないよう、走りまわらなくてはならなくなった。今日《きょう》も、玄関《げんかん》のドアが開く音がしたとたん、ゾルバはとっさに空《から》の植木《うえき》鉢《ばち》をひなにかぶせ、その上にすわった。さいわい人間は、バルコニーには出てこなかった。突然《とつぜん》のことに驚《おどろ》いたひなが騒《さわ》いでも、台所からでは聞こえはしないだろう。

人間は、いつものようにトイレの掃除をし、敷《し》きわらを替《か》えて、キャットフードの箱を開けてくれた。だが帰っていく前に、バルコニーの入口までやって来た。

「ゾルバ、おまえ病気じゃないだろうね？　キャットフードを開けても走ってこなかったなんて、初めてじゃないか。植木鉢の上にすわったりして、何をしてるんだい？　まるでそこに、何かかくしてるみたいだな。さて、ではまた明日《あした》だ、おかしな猫ちゃん」

ああ、もしあの人が、植木鉢の中をのぞいてみようかという気でも起こしたら……。考えただけでゾルバはお腹が痛くなり、思わずトイレに走った。

そうしてそこで、しっぽをまっすぐ立て、ひと息つきながら、あの人間の言ったことばについて、思いをめぐらした。

「おかしな猫」。あの人は、「おかしな猫」と言った。確かにそうかもしれない。いっそあの人に、ひなを見つけさせてしまうほうがいいのかもしれない。そうしたらあの人は、ぼくがひなを食べるつもりだと思って、ひなだけ連れて帰り、たぶん大きくなるまでめんどうを見てくれるだろう。でも現実《げんじつ》には、ぼくはそのひなを、植木鉢の中にかくした。それは、やはり「おかしな」こと？

いや、おかしくはない。ぼくはただ、港の猫の名誉《めいよ》を守《まも》り抜《ぬ》こうとしているだけだ。ぼくは臨終《りんじゅう》のカモメに、ひなに飛ぶことを教えると約束した。その約束を、はたそうとしているだけだ。どうすればいいのかはまだわからない。でも、約束は、きっとはたす。

ゾルバは注意深く、糞《ふん》の始末をした。そのときだった、ひなの悲鳴が聞こえてきたのは。

ゾルバは矢のように、バルコニーへ飛んでいった。

目の前の光景に、ゾルバの血は凍《こお》った。

あの二匹のちんぴらが、興奮《こうふん》してしっぽを振《ふ》りながら、ひなを狙《ねら》っていたのだ。一匹は、今にもひなの腰《こし》のあたりに、爪《つめ》をかけようとしている。二匹ともゾルバには背中《せなか》を向けている。ゾルバは体じゅうの筋肉《きんにく》に、力をみなぎらせた。

「こんな昼飯にありつけるとは、思ってもみなかったぜ、兄弟。チビだが、うまそうじゃねえか」ちんぴらが言う。

「ママ、たすけて！」

「鳥の中であたしがいちばん好きなのは、手羽肉《てばにく》なんですがね。こいつは、そこのところはまだ食べ頃《ごろ》じゃねえみてえだが、腿《もも》ならじゅうぶんいけそうだ」もう一匹も言う。

ゾルバは、跳《と》んだ。そうして、空中で前足の爪を十本とも出すと、そのまま二匹めがけて飛び下り、ちんぴらどもの頭を地面にたたきつけた。

二匹は起き上がろうとしたが、ゾルバの爪が、どちらの耳にも突《つ》き刺《さ》さっていて、動けない。

「ママ！　たべられちゃうとこだった！」ひなが叫んだ。

「食べる？　おれたちが、お宅《たく》のお子さんを？　めっそうもありません、奥様《おくさま》。そんなこと、とても！」一匹が、頭を押さえつけられたまま言う。

「そうですとも、あたしたちはベジタリアンなんですよ、奥様。厳格《げんかく》なるベジタリアン」もう一匹も言う。

「誰が『奥様』だ！」ゾルバは二匹の耳を引《ひ》っ張《ぱ》って、顔を上げさせた。

相手がゾルバとわかると、ちんぴらどもは、全身の毛をさかだてた。

「いや、こんなにかわいいお子さんがいらしたとは。さぞりっぱな猫におなりになるこ

とでしょう!」

「まったくです、それは今からまちがいありません。ほんとうにかわいい子猫さんで」

「どれが猫だ! これはカモメのひなだ」

「いやまったく、こいつにはいつも言ってるんですよ、子どもを持つならカモメの子に限《かぎ》ると! なあ、兄弟?」ちんぴらはあくまでへつらう。

こんな茶番劇《ちゃばんげき》にはつき合っていられない、とゾルバは思った。だがちんぴらどもには、この爪の威力《いりょく》をしっかりと覚えていてもらわなくてはならない。ゾルバは決然《けつぜん》とした動きで前足を離《はな》すと、そのまま二匹の卑怯者《ひきょうもの》の耳を爪で引き裂《さ》いた。二匹はうめきながら、大あわてで逃《に》げ去《さ》った。

「ママ、とってもつよい!」ひなはピヨピヨと大喜びだ。

だがゾルバは知った。バルコニーは決して安全な場所ではないと。そうかといって、部《へ》屋《や》の中に入れるわけにもいかない。ひなはそこらじゅう汚《よご》してまわるだろうし、あの世話をしてくれる人間にもすぐ見つかってしまうだろう。どこか、新しい場所を探《さが》さなくてはならない。

「おいで、いっしょに散歩しよう」ゾルバは声をかけると、ひなをやさしく口にくわえた。

# 4　またまたピンチ

ハリーのバザールに集まった猫たちは、全員一致《いっち》で、ひなはもうゾルバのアパルトマンにはいられないという結論《けつろん》にたっした。今のままでは、起こりうる危険《きけん》は数知れない。中でもいちばんの危険は、例のちんぴらどもの存在《そんざい》以上に、ゾルバの世話に来るあの人間にあった。

「人間というのは、なんとも不可解《ふかかい》じゃからなあ！　ときに、最高の善意《ぜんい》から、最悪の事態《じたい》を引き起こす」大佐がなげいた。

「そのとおりだ。たとえばここのハリー、あれはいい人間だ。やさしい心をしている。ところが、かわいがっているあのチンパンジーがビール好きと知っているものだから、チンパンジーがのどがかわいたと言うたびに、ビールを一本やってしまう。おかげでマチアスときたら、気の毒にも、恥知《はじし》らずなアル中だ。そうして酔《よ》っ払《ぱら》うと、とんでもない声で歌い出す。何ということだ！」博士もうなる。

「故意《こい》に行《おこ》なっている悪事は言うまでもありませんな。かわいそうなあのカモメにしても、いらなくなった汚《きたな》いものを海に捨《す》てるという、人間の呪われたきちがい沙汰《ざた》のせいで、死んだのですから」秘書が言い足した。

それから四匹は、ちょっとした討議《とうぎ》のすえに、ひなは飛べるようになるまでゾルバとともに、このバザールの中で暮《く》らすのがいいだろう、という合意にたっした。一方ゾルバは、あの人間を心配させないために、毎朝家に行き、それからバザールへ戻ってきて、ひなの世話をすることになった。

「ところでそろそろひなに、名前をつけたらどうでしょうか」秘書が言い出した。

「わしも今、そう提案《ていあん》しようと思ったところじゃ。わしの横から口出しせんようにするのは、どうやらおまえの能力を越えたことのようじゃな」大佐がぶつぶつと言う。

「そうですね。名前をつけなくては。でもその前に、オスなのかメスなのかわからないと」

ゾルバがそう言い終わるか終わらないうちに、博士は書棚から、百科事典を一冊《いっさつ》落としていた。第十四巻、「せ」の巻だった。そうして博士は、「性別《せいべつ》」という項目《こうもく》を探《さが》し始めた。ところが残念なことに、カモメのひなの性別の見分け方については、百科事典には何も書かれていなかったのだ。

「どうもあなたのその百科事典は、われわれの役に立っているとは言いがたいですね」

ゾルバが冷淡《れいたん》に言った。

「わたしの百科事典の有用性《ゆうようせい》について、疑問《ぎもん》をはさむことなど認《みと》めない！ これらの書物には、あらゆる知識《ちしき》がのっているのだ」博士はいらだちをかくしきれずに叫んだ。

「カモメ。海の鳥。そうだ、〈向かい風〉だ、ひながオスかメスかで力になってくれるのは、あの向かい風しかいない！」秘書が一声高く、ニャオーと鳴いた。

「わしも今、そう言おうと思ったところじゃ。以後、おまえがわしの横から口出しすることを、固《かた》く禁《きん》じる！」大佐が言った。

こうして猫たちが話し合っている間、ひなは、バザールにある何十羽もの鳥の剝製《はくせい》を見てまわっていた。あたりにはツグミの剝製が何体もあり、オウムの剝製もたくさんあり、オオハシのもあればクジャクのもあり、ワシやハヤブサのもあった。ひなはこわごわ眺《なが》めて歩いた。すると突然《とつぜん》、赤い目の動物、しかも剝製ではない動物が、行く手に立ちはだかったのだ。

「ママ！　たすけて！」ひなは悲鳴を上げた。

間一髪《かんいっぱつ》のところで、ゾルバが飛んできた。一匹のネズミが、まさにひなの首に前足をかけようとしていたところだった。

ネズミはゾルバを見ると、壁《かべ》の穴《あな》のほうへ逃《に》げていった。

「たべられちゃうとこだった」ひなはゾルバに身をすり寄《よ》せて、泣き出した。

「こういう危険があるとは、考えていなかったな。ネズミどもと、ちょっと話し合ってこなくては」ゾルバが強い調子で言った。

「よし。だがあの無礼者どもに、あまり譲歩《じょうほ》せんように」大佐が助言した。

ゾルバは壁の穴に近づいていった。中は真っ暗だったが、そこに先ほどのネズミの目が、赤く光っている。

「ボスに会いたい」ゾルバは太い声で言った。

「おれがネズミのボスだ」暗闇《くらやみ》から、返事が聞こえた。

「もしおまえがボスだと言うのなら、ネズミはゴキブリ以下ということだな。さっさとほんとうのボスに、知らせてこい」ゾルバは食いさがった。

ネズミは走り去っていったようだ。ネズミの爪で、下水管がきしんだ音をたてているのが聞こえてくる。そうして何分か後、闇《やみ》の中に、再び赤いふたつの目が浮かび上がった。

「ボスがお目にかかるそうだ。貝類の貯蔵庫《ちょぞうこ》にある海賊《かいぞく》の宝箱《トランク》の後ろに、入口がある」

ネズミはチュウチュウ鳴いた。

ゾルバは貯蔵庫へ下りていった。トランクの後ろを探すと、確かにゾルバでも出入りできそうな壁の穴があった。彼はクモの巣《す》を払《はら》うと、ネズミたちの王国の中へ、入っていった。

あたりは湿《しめ》っぽく、鼻をつくような生ごみの臭いが漂《ただよ》っている。

「下水管を進め」姿の見えないネズミが言った。

ゾルバは従った。腹をすりつけるようにして進みながら、これでは埃《ほこり》まみれ、泥《どろ》まみれになってしまうなと思った。なおも暗がりの中を行くと、やがてごくかすかに日の光が届《とど》いている、下水道の貯水池のようなところに出た。この上はちょうど外の通りなんだな、とゾルバは思った。通りにある下水溝《げすいこう》の格子《こうし》から、わずかに日の光が入ってくる。

悪臭《あくしゅう》のこもった場所ではあったが、それなりに広く、ゾルバも四つ足で立ち上がることができた。中央に、汚水《おすい》の流れている水路がある。そしてそのかたわらに、ネズミのボスが、いた。ボスは、黒っぽい皮膚《ひふ》に傷跡《きずあと》がいくつもある大きな齧歯目《げっしもく》で、暇そうに、爪でしっぽの手入れをしていた。

「ほう、これはこれは！　われわれにどなたが会いにいらしたのかと思ったら！　でぶ猫さんでしたか」ネズミのボスがかん高い声で鳴いた。

「でぶ猫！　でぶ猫！」何十匹ものネズミがいっせいにチュウチュウと合唱する。だがゾルバには、無数に光る赤い目しか見えない。

「たのみがある。あのひな鳥には、手を出さないでもらいたい」ゾルバは断固《だんこ》とした口調で言った。

「なるほど。あんた方のところにひな鳥がいるというのは、知っていたが。下水道には、どんな話でも伝わってくるんでね。ずいぶんうまそうな鳥らしいじゃないか。ヘッヘッヘッ！」ボスはあざけるように言った。

「うまそう！　うまそう！　ヘッヘッヘッ！」手下たちの大合唱が続く。

「で、大きくなったら食うというわけか。おれたちを招待《しょうたい》もせずに。身勝手なやつめ！」ボスは声を張《は》り上げる。

「身勝手！　身勝手！」手下たちが繰《く》り返す。

「知ってのとおり、ぼくはこれまで、この体の毛よりもたくさんのネズミをかたづけてきた。もしあのひなに何かあれば、あんたの命も秒読みに入る」ゾルバは静かに断言《だんげん》した。

「ふん、脂肪《しぼう》のかたまりめ、そもそもおまえは、どうやってここを出るつもりだ？　おまえを猫だんごにすることぐらい、朝飯前だ」ボスはすごんだ。

「猫だんご！　猫だんご！」大合唱が起きる。

ゾルバはボスに飛びかかった。そうして自分の下に組《く》み敷《し》くと、その顔を爪ではさんだ。

「目を失いたいか。猫だんごか何だか知らないが、おまえの手下どもがぼくをどうしようと、それはもう見られなくなるぜ。どうだ、ひなには手を出さないな？」ゾルバは歯をむいた。

「なんと育ちの悪い！　わかった。猫だんごもひなだんごも、なしだ。下水道ではどんなことでも交渉《こうしょう》できる」ネズミのボスは、悲鳴のような声をあげた。

「では交渉してやろう。そっちの要求は何だ？」ゾルバが聞く。

「中庭の自由な通行権《つうこうけん》だ。大佐が、市場へのわれわれの道を封《ふう》じるように命令している。

だから、中庭を自由に通れるようにしろ」ボスが言った。

「中庭の自由な通行権！」合唱が繰り返した。

「わかった。中庭を通れるようにしてやろう。ただし、夜、人間がいないときだけだ。われわれ猫には、猫としての名声を守る義務《ぎむ》がある」ゾルバはボスの顔をはなして、言った。

そうして、ボスと何十匹もの手下たちの、憎《にく》しみに満ちた赤い光の目を見すえたまま、用心深く後ずさりを繰り返し、下水道を、出た。

# 5　オスかメスか

向かい風に会うには、それから三日という時間が必要だった。向かい風は、海の猫、正真正銘《しょうしんしょうめい》の、海の猫だ。

彼は、エルベ川の川底を掃除したり、危険な物を取《と》り除《のぞ》いたりする浚渫船《しゅんせつせん》「ハーネス二世号」の、マスコットだった。乗組員たちは、青い目でハチミツ色の毛をした向かい風をとてもかわいがり、まるで重労働をともにするもうひとりの仲間のように、接《せっ》してきた。

嵐《あらし》の日には、彼らは向かい風にも、その体に合った、しかも人間のと同じような、黄色いかっぱを着せた。すると向かい風は、悪天候に立ち向かう乗組員さながらの暗い面持ちで、甲板《かんぱん》の上を行ったり来たりする。

ハーネス二世号は、ロッテルダムやアントワープや、コペンハーゲンの港でも活躍《かつやく》していた。そのため向かい風は、そうした旅でのおもしろい話も聞かせてくれる。そう、彼こそ、本物の海の猫なのだ。

「よおっ！」高らかに声をあげて、向かい風はバザールにやってきた。

チンパンジーはびっくりして、目をぱちぱちさせた。入ってきたのは、歩くたびに右に左にと肩《かた》を揺《ゆ》すり、この展示館《てんじかん》の威厳《いげん》ある入場料係にも知らん顔の、猫だったから。

「こんにちはと言えなくても、せめて入場料ぐらい払え、このノミのかたまり！」マチアスは騒《さわ》いだ。

「右舷《うげん》の方向にばか発見！　カマスの歯にかけて！　おれを、ノミのかたまりと呼んだか？　なにしろ、世界じゅうの港で世界じゅうの虫に刺《さ》されてきたこの毛皮。いつか、おれの腰《こし》にはい上がってきたが、あまりに重くて払《はら》いのけることもできなかった、マダニの話をしてやろう。クジラのひげにかけて！　それから、食前酒《アペリティフ》として七人の人間の血を吸《す》った、シラミの話もな。フカのひれに誓《ちか》って！　錨《いかり》を上げろ、猿《さる》。風をさえぎるな！」向かい風はそう命令すると、チンパンジーの答えも待たず、ゆうゆうと中へ入っていった。

図書室に着くと、彼は入口のところから、中にいる猫たちに挨拶《あいさつ》をした。

「ミャオ！」向かい風は、渋《しぶ》くてやさしいこのハンブルク弁が、大好きなのだ。

「おお、とうとう戻ったか、船長。どれほどおまえさんを待っておったことか」大佐がこたえた。

そうして四匹は、カモメのこととゾルバの約束について、大急ぎで向かい風に話した。そうして、ゾルバが誓った約束は、港の猫すべての約束なのだ、と強調した。

向かい風は、うなずきながら、熱心に聞いていた。

「ああ、イカの墨《すみ》にかけて！　海ではときに、とんでもないことが起きるのさ。おれも、人間たちの一部は気が違《ちが》ったのかと思うことがある。やつらは海を、巨大《きょだい》なごみ捨《す》て場にしようとしてるんだ。おれはちょうど、エルベ川の河口《かこう》をさらってきたところだが、潮《しお》の流れが運んできたごみの量を見たら、たまげるぜ！　カメの甲羅《こうら》にかけて！　殺虫剤《さっちゅうざい》の缶《かん》の山、タイヤもごろごろ、人間が砂浜《すなはま》に捨てていったあの呪われたペットボトルにいたっては、信じられないほどの量」向かい風は怒《いか》りをこめて言った。

「何ということ！　何ということだ！　もしそんなことがずっと続いたら、今に百科事典第五巻、『お』の巻は、『汚染《おせん》』ということばだけで埋《う》まってしまう」博士が憤慨《ふんがい》した。

「で、その気の毒なカモメに、おれがいったい何をしてやれるというんだ？」向かい風は聞いた。

「海のことなら何でも知っているおまえさんだけが、このひながオスなのかメスなのか、判断《はんだん》できるというわけじゃよ」大佐がこたえた。

四匹は向かい風を、お腹《なか》いっぱいイカを食べて眠っているひなのところへ案内した。イカは、大佐からひなの食事係に命じられた秘書が、与《あた》えたのだ。

向かい風は前足をひなにさし伸《の》べると、まず顔を調べ、それから尾《お》のあたりに生《は》え始めた羽を持ち上げた。目をさましたひなは、おびえた瞳《ひとみ》でゾルバを探した。

「カニの肢《あし》にかけて！　これは、将来《しょうらい》おれのしっぽの毛と同じぐらいたくさん卵を産む、すてきなお嬢《じょう》さんだ」海の猫、向かい風は、愉快《ゆかい》そうに宣言《せんげん》した。

ゾルバは、ひなの頭をなめてやった。そして、母親の名前を聞いておかなかったことを、後悔《こうかい》した。もし娘《むすめ》が、人間がもたらした災難《さいなん》によって不意に断《た》ち切られてしまった母の飛《ひ》翔《しょう》を受け継《つ》ぐ運命ならば、その母の名を、継がせてやりたかったのだ。

「このひなが、われわれのもとへやってきて幸運だったと考えるなら、フォルトゥナータという名はどうじゃろう。幸運な者という意味じゃ」大佐が言った。

「それはいい、メルルーサのえらにかけて！　美しい名だ。バルト海で出会ったかわいいカモメのことを思い出すぜ。彼女もフォルトゥナータという名だった。純白《じゅんぱく》のカモメだった」向かい風がミャーと鳴いた。

「いつの日か、彼女は驚《おどろ》くべき、すばらしいことを成《な》し遂《と》げるだろう。そうしてその名は、百科事典の第二十八巻、『ふ』の巻に記されるのだ」博士も胸《むね》をはる。

こうしてひなの名前は、全員一致《いっち》で、大佐が提案《ていあん》した「フォルトゥナータ」に決まった。

五匹はひなを囲んで輪になると、後ろ足で立ち、前足でひなをおおうように、屋根の形を作った。それから、港の猫に伝わる洗礼《せんれい》の儀式《ぎしき》を行《おこ》なった。

「諸君《しょくん》、われわれは、幸運なる者フォルトゥナータを、ここに迎《むか》える」

「よっ、よっ、よっ！」向かい風が、威勢《いせい》よく叫んだ。

## 6　幸運のフォルトゥナータ

フォルトゥナータは、猫たちの愛情《あいじょう》につつまれて、すくすくと育った。そうして、ハリーのバザールで暮《く》らすようになってからひと月もたつと、銀色に輝《かがや》く絹《きぬ》のようなつばさを持つ、すらりと優美《ゆうび》なカモメに成長していた。

昼間、バザールに観光客たちがやってくる時間には、フォルトゥナータは大佐に教えられたとおり、剝製《はくせい》の鳥たちに混《ま》じって、自分もそのふりをして過ごした。そして夜になり、展示館が閉まって老水夫ハリーも休むころになると、海鳥独特《どくとく》のぎこちない足取りで、バザールじゅうを散歩した。どの部屋《へや》の、どの展示物にも、目をまん丸にしながら。一方博士は、ゾルバがどうやって彼女に飛ぶことを教えればいいかと、その間も無数の本を読みあさり続けた。

「飛ぶ力は、空気を後方と下方に押《お》し出すことでうまれる。ううむ、なるほど！　これは重要だ」鼻先をページの間に突っこみながら、博士がつぶやく。

「でもどうして飛ばなくちゃいけないの？」体につばさをぴったりつけたまま、フォルトゥナータがたずねる。

「なぜならきみはカモメで、カモメは飛ぶからだ。何ということ！　きみが飛ぶことを知らないとは、ほんとうに何ということだ！」

「でもわたしは、飛びたくなんかないの。カモメにだって、なりたくない。わたしは猫がいいの。そうして猫は、空なんか飛ばない」フォルトゥナータは口をとがらせた。

ある晩彼女は、入口のカウンターのほうへ散歩をし、そこでチンパンジーとはち合わせしてしまった。

「ここに糞《ふん》をするなよ、鳥め！」マチアスはいきなりキーキー言った。

「どうしてそんなことを言うの、お猿《さる》さん？」フォルトゥナータはおずおずとたずねた。

「鳥がするのはそれぐらいだからだよ。で、おまえはその鳥だ」ひとことひとことに確《かく》信《しん》をこめて、マチアスは言う。

「違うわ。わたしは猫よ。とてもきれい好きな猫よ。トイレだって博士といっしょのを使っているわ」チンパンジーの偏見《へんけん》を取《と》り除《のぞ》こうと、フォルトゥナータは一生懸命《いっしょうけんめい》に言う。

「ああ！　あのノミのかたまりの連中が、おまえも自分たちの仲間だとだましたんだな。自分の姿を見てみろ。おまえは二本足、猫は四本足。おまえの体にあるのは羽、猫にあるのは毛。それから、しっぽ。え？　おまえのしっぽはどこにある？　おまえは、本ばかり読んで『何ということだ！』ばかり言ってるあの猫と同じぐらい、ばかだな。おろかな鳥め！　あの連中が、どうしておまえのことをちやほやしてるか、教えてやろうか？　それはおまえをうんと太らせて、豪勢《ごうせい》な宴会《えんかい》を開くためだよ！　あいつらはおまえを、丸ごと食っちまう気さ。羽から何から全部な」チンパンジーはわめいた。

その晩、フォルトゥナータは、猫たちのもとに帰ってこなかった。夕食には、彼女の大好物のイカがあったというのに。秘書がレストランの台所から、ちょっぴり失敬《しっけい》してきたのだ。

猫たちは心配して、ほうぼうを探しまわった。そうしてようやく、ゾルバが見つけた。フォルトゥナータは、悲しみに打ちのめされた様子で、身じろぎもせず、剝製《はくせい》の動物たちの間に立っていた。

「食欲《しょくよく》がないの、フォルトゥナータ？」ゾルバは声をかけた。「今夜はイカだよ」

それでもフォルトゥナータは、くちばしを開かなかった。

「どこか具合でも悪いの？　病気？」ゾルバは心配そうにたずね続ける。

「わたしを太らせたいから、食べろって言うの？」フォルトゥナータは、ゾルバを見ずに言った。

「大きくなって、強く、健康になってほしいから」ゾルバが答えた。

「それでわたしが太ったら、ネズミたちを招待《しょうたい》して、わたしを食べるの？」フォルトゥ

ナータは、目に涙《なみだ》をためていた。

「どうしてそんなばかなことを言い出す？」ゾルバはきっとして言った。

フォルトゥナータは涙をこらえながら、マチアスに言われたことを話した。ゾルバは、フォルトゥナータの涙をなめてやった。そうして次の瞬間《しゅんかん》、自分が今まで鳴いたことのないような声で鳴いているのに気がついた。

「きみはカモメだ。だがチンパンジーの言ったことで正しいのは、それだけだ。ぼくたちはみんな、きみを愛している、フォルトゥナータ。たとえきみがカモメでも、いや、カモメだからこそ、美しいすてきなカモメだからこそ、愛しているんだよ。これまできみが、自分を猫だと言うのを黙《だま》って聞いていたのは、きみがぼくたちのようになりたいと思ってくれることが、うれしかったからだ。でもほんとうは、きみは猫じゃない。きみはぼくたちとは違っていて、だからこそぼくたちはきみを愛している。ぼくたちは、きみのおかあさんの力になることはできなかった。でもきみの力になることなら、できる。ぼくたちは、きみが卵から出てきてから、ずっときみのことを守ってきた。きみのことを猫にしようなどとは一度も考えずに、心の底から愛情をそそいできた。ぼくたちはきみを、カモメとして愛しているんだよ。そうしてきみのほうも、ぼくたちを愛してくれていると思っている。ぼくたちはきみの、友だちだ、家族だ、と思っている。そのうえきみはぼくたちに、誇《ほこ》らしい気持ちでいっぱいになるようなことをひとつ、教えてくれた。きみのおかげでぼくたちは、自分とは違っている者を認《みと》め、尊重《そんちょう》し、愛することを、知ったんだ。自分と似《に》た者を認めたり愛したりすることは簡単だけれど、違っている者の場合は、とてもむずかしい。でもきみといっしょに過ごすうちに、ぼくたちにはそれが、できるようになった。いいかい、きみは、カモメだ。そして、カモメとしての運命を、まっとうしなくてはならないんだ。だからきみは、飛ばなくてはならない。飛ぶことができたときこそ、フォルトゥナータ、きみはきっと、ほんとうに幸せになれる。そうしてぼくたちに対するきみの気持ちも、きみに対するぼくたちの気持ちも、今よりもっと強く、かけがえのないものになるはずだ。だってそれは、まったく異《こと》なる者どうしの愛だから」

「でもわたし、飛ぶのがこわい」顔を上げながら、フォルトゥナータは涙をこぼした。

「そのときがきたら、必ずぼくがついていてあげるよ。きみのおかあさんと、約束したんだからね」フォルトゥナータの頭をなめてやりながら、ゾルバはミャーと鳴いた。

すらりとしたカモメと、ふとった真っ黒な猫は、ともに歩き始めた。猫はカモメの頭を、やさしくなめ続けながら。カモメは一方のつばさを、猫の腰《こし》にまわして。

# 7　飛ぶ練習開始

「では最後にもう一度、技術的《ぎじゅつてき》な側面を確認《かくにん》しておこう」博士が高い声で鳴いた。

大佐と秘書とゾルバと向かい風は、書棚のてっぺんから、下の様子を注意深く見守っている。下では、「滑走路《かっそうろ》」と呼ばれることになった通路の、一方のはしにフォルトゥナータが、もう一方のはしに、百科事典の第四十二巻、「れ」の巻に首を突《つ》っこんだままの博士がいる。百科事典は、「レオナルド・ダ・ヴィンチ」についてのページが開かれていて、そこには、この偉大《いだい》なるイタリアの巨匠《きょしょう》に「飛ぶ機械」と命名された、奇妙《きみょう》な器具がのっている。

「いいですか、まず支点《してん》AとBの安定性《あんていせい》を確認」博士が指図する。

「支点AとB、確認しました」左右の脚《あし》をそれぞれふってみてから、フォルトゥナータがこたえる。

「よろしい。次に、C点とD点の伸展《しんてん》具合を確認」まるでNASAのエンジニアにでもなったような気分で、博士は声を張《は》りあげる。

「C点D点の伸展具合、確認しました」両方のつばさを広げて、フォルトゥナータがこたえる。

「よろしい。最後にすべてをもう一度確認」博士が命令する。

「ああ、カレイのひげにかけて！　どうか彼女を飛ばせたまえ」向かい風がつぶやいた。

「飛べるかどうかについては、わたしが責任《せきにん》を負っているのだということを、忘《わす》れないでいただきたい！　すべてが完璧《かんぺき》に保証《ほしょう》されなくては。なにしろその結果は、フォルトゥナータにとっては大変なことになりかねないのだから、大変なことに！」博士は反論《はんろん》した。

「そうですとも。彼にまかせておきましょう。」秘書が言った。

「わしも今、まさにそう言おうと思っていたのじゃ。いつの日か、おまえが横から口出しせんようになる日が、くるのじゃろうか」大佐が憂鬱《ゆううつ》そうにつぶやいた。

フォルトゥナータは、今、初めて飛んでみようとしている。じつは先週、あるふたつのできごとがあり、それによって猫たちは、彼女が飛んでみたがっているのだと了解《りょうかい》したのだ。たとえ彼女自身は、その願望を表に出さないとしても。

ひとつ目のできごとは、ある昼下がり、フォルトゥナータが猫たちといっしょに、ハリーのバザールの屋根で日なたぼっこをしているときに起きた。あたたかな陽《ひ》の光を浴びながら、ふと青空を見上げると、はるかに高いところを三羽のカモメが舞《ま》っていた。

その姿はくっきりと青空に浮《う》かび上がり、美しく、荘厳《そうごん》でさえあった。カモメたちはときおりつばさを広げたまま、風をとらえてただ空中に浮かんでいるようだった。位置を変えるにしても、気品のあるエレガントな、ほんのかろやかな動作でじゅうぶんのようで、見ていると、あんなにはるかな空の高みをいっしょに飛んでみたい、という憧《あこが》れをかきたてられる。猫たちは、思わずフォルトゥナータのほうを見た。フォルトゥナータは、自分の同類が飛んでいるのを、じっと見つめていた。無意識《むいしき》のうちに、つばさを広げて。「あれを見ろ、あの子も飛びたいんじゃ」大佐が言った。

「ええ、そのようですね！　いよいよ飛ぶときがきたんだ。今では彼女も、じゅうぶん大きく強いカモメに成長した」ゾルバも言った。

「フォルトゥナータ、飛べ！　飛んでごらんなさい！」秘書が声をかけた。

しかしフォルトゥナータは、その声を聞くと、つばさを閉じ、猫たちのほうへ寄《よ》ってきてしまったのだ。そうしてゾルバの横に伏《ふ》せると、まるで猫がのどを鳴らすように、くちばしをかちかちいわせた。

ふたつ目のできごとが起きたのは、その翌日《よくじつ》、みんなで向かい風の話を聞いていたときのことだった。

「……というわけで、海は荒《あ》れ、波はあまりに高くて、陸地はまったく見えなかった。そのうえ、ついてなかったことに、マッコウクジラの脂《あぶら》にかけて、船の羅針盤《らしんばん》がこわれちまったんだ。五日間、昼も夜もおれたちは嵐《あらし》のまっただなかにいた。陸に向かって進んでるのか、ますます沖《おき》に流されてるのか、それさえわかりゃしない。もうだめだ、すっかり迷《まよ》っちまったと思ったとき、舵手《だしゅ》が、カモメの群《む》れを見つけたのさ。どんなにうれしかったことか！　おれたちは、カモメが飛んでいくほうについて行こうとがんばり、おかげで、再《ふた》びこの揺《ゆ》るぎない大地を踏《ふ》みしめることができたのよ。カマスの歯にかけて！　おれたちは、あのカモメたちに命を救われたんだ。あのカモメたちがいなければ、今ごろおれは、ここでこうして話してることもできなかっただろうよ」

フォルトゥナータは、これまでも海の猫の話をいくつも聞いてきたが、このときは両方の目を見開き、夢中《むちゅう》で話に耳を傾《かたむ》け続けた。

「カモメは、嵐の日にも飛ぶの？」彼女は聞いた。

「ああ、ウナギのくねりにかけて！　カモメはな、この世でいちばん強い鳥さ。どんな鳥だって、カモメよりうまく飛ぶことはできやしない」向かい風はこたえた。

この話は、フォルトゥナータの心を強く揺さぶったようだ。彼女は足を踏み鳴らすと、くちばしを激《はげ》しくふり動かした。

「飛びたいのか？」ゾルバが水を向けた。

フォルトゥナータは、全員の顔を順に見つめてから、ゆっくりとこたえた。

「ええ、お願いします。飛ぶことを、教えて！」

猫たちは喜びの鳴き声をあげ、さっそくそのための仕事に取りかかった。みんなこのときを、待ちわびていたのだ。猫だけが持ち合わせているすぐれた忍耐力《にんたいりょく》のありったけで、若《わか》いカモメが飛びたいと自分から言い出すのを、待ち続けてきた。飛ぶためには、本人の決心が何より大切だということを、彼らはその叡智《えいち》で知っていたからだ。

中でもはりきったのは、博士だった。すでに百科事典第四十二巻、「れ」の巻で、飛行の原理についての研究を進めていたし、それを実行に移《うつ》すときも、指揮をとるのは彼だ。

「離陸《りりく》の準備《じゅんび》はいいか？」博士がたずねた。

「離陸の準備、いいです！」フォルトゥナータが叫んだ。

「では支点A、Bを用いて床《ゆか》をけり、滑走路《かっそうろ》を前進せよ」博士が命令を下した。

フォルトゥナータは前進し始めたが、まるで刃《は》の手入れをしていないスケート靴《ぐつ》でもはいているかのように、ぎこちなく、遅《おそ》かった。

「もっと速く！」博士が力をこめる。

走り方は、ほんの少しだけ速くなった。

「続いてC点とD点を広げよ！」博士が指示《しじ》する。

フォルトゥナータは走りながらつばさを広げる。

「よし、E点を上げろ！」

フォルトゥナータは尾羽《おばね》を上に向ける。

「支点A、Bを折りたたみながら、空気を押《お》すようにしてC点D点を上から下へ動かせ！」博士がニャンニャンと鳴く。

フォルトゥナータははばたき、脚《あし》を折りたたんで何センチか浮《う》き上がったが、すぐに、砂袋《すなぶくろ》か何かのように落ちてきてしまった。

猫たちはすぐさま書棚から飛び下り、彼女のもとへ駆《か》けつけた。フォルトゥナータの目からは、今にも涙があふれそうだった。

「できない！　わたしには、できない！」泣き出しそうな声で、彼女は繰《く》り返した。

「最初から飛べるやつなんて、どこにもいないんだ。もう少しのしんぼうさ。見ていてごらん」頭をなめてやりながら、ゾルバがなぐさめた。

そのかたわらで博士は、レオナルド・ダ・ヴィンチの飛行機の、いったいどこに欠陥《けっかん》があるのかと、必死に探《さが》し続けていた。

# 8　猫たち、タブーを破《やぶ》る

フォルトゥナータはなんとか飛ぼうと、十七回挑戦《ちょうせん》し、そして十七回失敗した。毎回、何センチか浮《う》き上がるのがやっとだった。

博士は、たて続けに十二回失敗した時点で、もともとやせている体がますますやつれたようで、自分で自分のひげを抜《ぬ》きながら、震《ふる》える声でつぶやいた。

「わからない。じつに丹念《たんねん》に、飛行の原理を検討《けんとう》したというのに。レオナルド・ダ・ヴィンチの発明も、百科事典第十巻、『こ』の巻の『航空力学』に照らし合わせて、すみずみまで研究したというのに。それでなぜ成功しないんだ。ああ、何ということ！　何ということだ！」

猫たちは博士の言い分に耳を傾《かたむ》けながら、フォルトゥナータの様子を見守った。フォルトゥナータは失敗するたびに、ますます悲しげに、憂鬱《ゆううつ》そうに、なっていった。

そうしてとうとう失敗が十七回目となったとき、大佐が、この試みの中止を言いわたした。あの子は自信を失い始めている、と大佐は言った。そしてそれは、ほんとうに飛びたいのだとしたら、非常《ひじょう》に危険《きけん》なことなのだ、と。

「もしかしたらあの子は、飛べないのかもしれませんなあ。わたしたちといっしょにいたのが長すぎて、飛ぶ力をなくしてしまったのかもしれない」秘書がつぶやいた。

「しかし技術的《ぎじゅってき》な側面をきちんと実行に移《うつ》し、航空力学の法則《ほうそく》に従《したが》うならば、飛べるはずなのだ。すべて百科事典に書かれているという事実を、忘《わす》れないでいただきたい」博士が語気を強める。

「エイのしっぽにかけて！　あの子はカモメで、カモメは飛ぶものさ」向かい風も主張《しゅちょう》

する。

「飛ばなくては。彼女のおかあさんに、約束したんだから。そうして彼女にも、飛べると請《う》け合ったんだから。飛ばなくては、どうしても」ゾルバが繰《く》り返す。

「そうして、その約束をはたすことは、われわれすべての責任《せきにん》じゃ」大佐が言い足す。

「ぼくらだけでは、彼女に飛ぶことを教えるのは無理なんだ。猫の世界の外から、力を借りなくてはならないのかもしれない」ゾルバが切り出した。

「どういうことかな、ゾルバ。何が言いたいのじゃ?」大佐がたずねた。

「一生のお願いです、タブーを破《やぶ》る許可《きょか》を、お願いしたいんです」ゾルバは仲間たちの目を見つめながら、言った。

「タブーを破るだって！」猫たちはいっせいに、毛をさかだて、爪を出しながら、叫んだ。

〈人間のことばを話してはならない〉。これが、猫たちの掟《おきて》で定められている、タブーだった。それは、彼らが人間とコミュニケーションすることに興味がないからではない。人間がどう反応《はんのう》するかに、危険《きけん》を感じているからだ。もし猫が人間のことばを話したら、人間は、どうするだろう？　きっとその猫をかごに閉じこめ、ばかげたことをいろいろやらせようとするに違いない。人間というのは概《がい》して、自分と異《こと》なるものが自分を理解《りかい》したり、互《たが》いに理解し合おうとしたりするということを、素直《すなお》に受け入れられないらしい。

たとえばあのイルカの、哀《あわ》れな運命はどうだろう。人間に対しても、知的であるところを見せてしまったばかりに、水族館で道化《どうけ》のようなショーをやらされている。ほかにも、知性《ちせい》と順応性《じゅんのうせい》を見せてしまったばかりに、人間に屈辱《くつじょく》を味わわされている動物はたくさんいる。大きな猫であるライオンも、檻《おり》の中で生きることを強いられ、くだらない人間が、自分の牙《きば》だらけの口に頭を突《つ》っこんでみるのに耐《た》えている。オウムたちもかごに入れられ、ばかばかしいことを繰り返し言わされている。要するに、猫にとっても、人間のことばで話すというのは、はかりしれない危険《リスク》がともなうことなのだ。

「フォルトゥナータのそばに行っておれ。わしらはここで、おまえの申し立てについて話し合ってみよう」大佐が指示《しじ》した。

猫たちの会議は、何時間にもわたって続いた。そうしてその間ずっと、ゾルバは悲しみに打ちひしがれているフォルトゥナータのかたわらで、待った。

会議が終わると、外にはすでに夜のとばりが下りていた。結果を聞きに、ゾルバは猫たちの輪に近づいた。

「われわれ猫は、このたび一度限《かぎ》り、おまえにタブーを破ることを許可する。相手の人間は、ただひとりに限る。そうしてその人選は、われわれ全員で行なう」

大佐が、おごそかに告げた。

# 9　人間に力を借りるとき

さて、人間に力を借りることは決まったものの、その人間を、誰にすべきか。人選は、難航《なんこう》した。猫たちは、自分の知っている人間たちをすべて挙げてリストを作り、ひとりずつ検討《けんとう》していった。

「料理人のルネは、まちがいなく善良《ぜんりょう》で公正な人間じゃ。いつも自慢《じまん》の料理を少し取っておいてくれて、わしと秘書にくれる。それがまたうまくてなあ。だがルネは、スパイスや鍋《なべ》のことしか知らんから、今回の問題ではあまり力にならんだろう」大佐が言う。

「ハリーもいい人間です。誰にでも笑顔《えがお》で接《せっ》して、思いやりがある。あのマチアスのとんでもないふるまいに対してさえだ。ああ、とんでもない！　とんでもないことだ！　とんでもない臭いを、香水《こうすい》と呼ぶような思いやりだ！　それに彼は、海についても航海についてもよく知っている。でも、飛ぶことについては、何も知らないだろう」博士が続く。

「レストランの給仕長《きゅうじちょう》、カルロは、つねづね自分がわたしの主《あるじ》だと言っていますし、わたしもそう思わせてやっているんです。親切な男ですから。でも残念なことに、あの男にわかるのは、サッカーとバスケットとバレーボールと競馬とボクシングと……。スポーツなら何でもオーケーのようですが、飛ぶことについて話しているのは、聞いたことがございません」秘書が言う。

「イソギンチャクの触手《しょくしゅ》にかけて！　おれの船長も、なかなかいかすぜ。この間《あいだ》アントワープのバーでけんかしたときなんか、十二人も相手にして、そのうち半分ぶっ倒《たお》したんだからな。でもふだんは、よく椅子《いす》の上で目を回してるんだ。タコの足にかけて！　やっぱり、今回はさすがの船長も、役に立ちそうもないか」向かい風がうなずく。

「ぼくの家の男の子は、ぼくのことをよくわかってくれる。でも今は、休暇《きゅうか》で出かけているからね。それに飛ぶこととなると、子どもに何がわかるか」ゾルバがつぶやく。

「ポルカ・ミゼーリア！　これでリストも、おしまいだ」大佐がため息をついた。

「いや、このリストにはなかったけれど、もうひとりいます。ほら、あのブブリーナのところにいる人間」ゾルバが言い出した。

ブブリーナというのは、いつも花でいっぱいのバルコニーにいる、白と黒の美しいメス猫だ。港の猫たちはみんな、なんとか彼女の気を引こうと、そのバルコニーの前をわざとゆっくり散歩する。そうして自分の体のしなやかさや、手入れの行き届《とど》いた毛並《けな》みのつやつやかさ、ひげの長さ、ぴんと立てたしっぽのエレガントなところを見てもらおうと、はりきる。でもブブリーナは、いつでも知らん顔。バルコニーにタイプライターを置いてすわっているその家の人にしか、抱《だ》かれることも、なでられることもない。

その家の人はといえば、少し変わった人だった。ときどき自分が書いたものを読みながら、笑ったりしている。かと思うと、タイプライターから取り出したばかりの何枚《なんまい》もの紙を、読みもせずにくしゃくしゃに丸めていることもある。そしてバルコニーからは、甘《あま》く、せつないような音楽が、いつも静かに流れていた。その調べとともに、ブブリーナはまどろみ、一方、意気ごんで通りかかった港の猫たちは、深い吐息《といき》をつくのである。

「ブブリーナのところの人？　でもまた、どうして？」大佐が聞いた。

「どうしてかはよくわからないんですが、あの人は、信頼《しんらい》できるような気がするんです。ぼくはあの人が、自分の書いたものを声に出して読んでいるのを、聞いたことがある。それはとても美しいことばで、聞いているとうれしくなってきたり、悲しくなってきたりした。そうして、いつまでも聞いていたいと思うほど、心地《ここち》よくて、わくわくしたんです」

ゾルバが説明した。

「それは、詩人だ！　その人が書いているのは、詩と呼ばれるものだ。百科事典第十二巻、『し』の巻にある」博士が叫んだ。

「で、どうしてその人間が、飛ぶことについて知っていると思うんです？」秘書がたずねた。

「もしかしたら、本物のつばさで飛ぶことについては、知らないかもしれない。でもあの人は、ことばとともに飛んでいるような気がしてしかたないんだ」ゾルバがこたえた。

「それでは、ゾルバがブブリーナのところの人間に話しに行くことに賛成《さんせい》の者は、右足を挙げよ」大佐が言った。

こうしてゾルバは、その詩人と話すことを、許可された。

# 10　猫と詩人

ゾルバは、選ばれたあの人間のバルコニーめざして、屋根から屋根へ走った。そうして、花々の中に寝《ね》そべっているブブリーナを見つけると、小さくため息をもらしてから、そっと声をかけた。

「ブブリーナ、こわがらないで。屋根の上から話しかけているんだ」

「何のご用？　あなた、誰？」メス猫は、起き上がりながらたずねた。

「たのむ、行かないで。ぼくの名はゾルバ、この近くに住んでいる。きみに力を貸《か》してもらいたいことがあって来た。バルコニーに下りていってもいい？」

ブブリーナは黙《だま》ってうなずいた。ゾルバはバルコニーに飛び下りると、そのまますわった。ブブリーナは寄《よ》ってきて、ゾルバの匂《にお》いをかぎ始めた。

「本と、湿気《しっけ》と、古い服の匂いがする。鳥と、埃《ほこり》の匂いも。でもあなたは、清潔《せいけつ》ね」彼女は認めた。

「みんな、ハリーのバザールの匂いさ。チンパンジーの匂いもするかもしれないけど、驚かないでくれ」ゾルバは予防線《よぼうせん》を張《は》った。

美しい音楽が、今日もバルコニーに流れてくる。

「なんてすてきな音楽だろう！」ゾルバはミャーと鳴いた。

「ヴィヴァルディよ。『四季』という曲。それで、あたしにお願いって何？」

「部屋《へや》の中に入れてもらいたいんだ。そうしてきみの人間のところへ、連れていってほしい」

「とんでもないわ。彼は仕事中よ。誰も、あたしでさえ、じゃまをしてはいけないの」

ブブリーナはきっぱりと言った。

「たのむ。緊急事態《きんきゅうじたい》なんだ。港のすべての猫の名において、たのむ」ゾルバは食いさがる。

「どうして彼に会いたいの?」

「彼に、会って話したいことがある」

「それはタブーでしょう! 帰って!」ブブリーナは毛をさかだてて、ニャオとどなった。

「いや、これは違う。でも、もしきみがあの人のところに連れていってくれないと言うなら、あの人のほうから来てもらうようにしよう。ロックは好きですか、お嬢《じょう》さん?」

部屋の中でその人は、タイプライターを打っていた。とても幸福な気分で。ちょうど詩がひとつ完成するところで、しかもことばは、あふれるようななめらかさで出てくる。しかしそのとき、バルコニーから、ブブリーナのものではない猫の声が聞こえてきた。なんだか調子っぱずれのような、それでいてリズミカルな鳴き声だ。うっとうしく思いながらも、どことなく気を引かれて、その人は席を立ち、バルコニーに出た。そうして次の瞬間、思わず目をこすっていた。

前足で両耳をふさいでいるブブリーナの前で、どっかり腰をおろしたふとった真っ黒な猫が、しっぽをまるでエレキギターのように前足でかかえ、もう一方の前足では弦《げん》をかき鳴らすしぐさをして、シャウトするような鳴き声を発し続けている。

驚《おどろ》きを通り越し、その人はとうとう、お腹をかかえて笑い出した。その間にゾルバは、部屋の中へすべりこんだ。

その人は、なおも笑いながら部屋に戻ったが、ふと振《ふ》り向くと、ひじかけ椅子の上には、ふとった真っ黒な猫がすわっていた。

「いやあ、すばらしいライブだった！　きみはじつにユニークなスーパースターだなあ。でも、ブブリーナ好みの音楽ではなかったようだがね。まったく、たいしたライブだったよ！」その人は言った。

「自分が音痴《おんち》なのは知っています。すべてにおいて完璧《かんぺき》な者なんていませんん」ゾルバは

人間のことばでこたえた。

その人はあんぐりと口を開け、それから自分の頭をたたくと、壁にもたれかかった。

「き、きみ……しゃべったのか！」その人は叫んだ。

「あなただってしゃべっているではありませんか。でもぼくは驚いたりはしていませんよ。どうぞ落ち着いてください」とゾルバ。

「ね、ね、猫が……しゃべっている……」ソファの上にくずおれながら、その人はつぶやいた。

「しゃべっているんじゃありません、鳴いているんです。でも、あなたのことばで。ぼくはいろいろなことばで鳴くことができるんです」

その人は両手を顔のほうへ持っていくと目をおおい、繰り返しぶつぶつと言った。

「過労《かろう》だ、過労になってしまったんだ、少し仕事をしすぎたんだ」

だが目から手を離《はな》すと、ひじかけ椅子の上には、やはりふとった真っ黒な猫がいた。

「幻覚《げんかく》だ。きみは幻覚なんだろう、な？」その人が言う。

「いいえ、ぼくはほんとうの猫です。そうしてあなたとお話している。港の猫たちみんなが、たくさんの人間の中からあなたを選んだんです。われわれが抱《かか》えている問題に、手を貸していただきたくて。決してあなたの頭がおかしくなったわけではありません。ぼくは、本物です」ゾルバは毅《き》然《ぜん》として言った。

「おまけに、いろいろなことばで鳴けるというわけ？」疑《うたが》い深そうに、その人は聞く。

「ええ。試《ため》してごらんになりますか？」ゾルバが言う。

「ボン・ジョルノ」その人がイタリア語で言った。

「もう夕方ですよ。この時《じ》刻《こく》なら、ボナ・セーラ」ゾルバは言いなおす。

「カリメーラ」その人は今度はギリシア語で言う。

「カリスペーラ。もう夕方ですってば」

「ドバル・ダーン」その人はクロアチア語で叫ぶ。

「ドバル・ヴェチェル。そろそろ信じていただけましたか？」

「ああ。それに、これがもし夢だったとしても、それが何だというのだ？　こんなに愉《ゆ》快《かい》な夢なら、いつまでも見ていたい」その人は、静かに言った。

「では、本題に入ってもいいでしょうか？」ゾルバがたずねる。

その人はうなずいたが、話をするなら、人間どうしが話し合うときの作法に従《したが》ってほしいと言った。そうして、ゾルバにはミルクのお皿をさし出し、自分はコニャックのグラスを手にして、ソファにすわりなおした。

「さて、どんなご用件かな、猫くん」

ゾルバは、あのカモメと、卵と、フォルトゥナータのことを話した。そして、フォルトゥナータに飛ぶことを教えようとしている猫たちの努力が、いつまでも報《むく》われないことも。

「力を貸していただけるでしょうか？」ゾルバはそうたずねて、話をしめくくった。

「ああ、たぶん。今夜にでも」その人は、こたえた。

「今夜にでも？　ほんとうですか？」

「窓《まど》から空を見てごらん、猫くん。何が見える？」

「雲だ。黒い雲が見えます。雨になりますね」ゾルバが空を見上げる。

「だからだよ」その人は言った。

「え？　わからないな。どういうことですか？」

その人は立ち上がると机《つくえ》のほうへ向かい、一冊の本を手に戻ってきた。そうしてぱらぱらとページをめくった。

「いいか、猫くん。これからきみに、ベルナルド・アチャガという詩人が書いたものを読んであげよう。『カモメ』という題の詩だ」

そして彼らの小さな心は
――曲芸師《きょくげいし》と同じ、その心は――
何より恋《こ》い焦《こ》がれていた
このありふれた雨に
いつでも風を連れてくる雨に
いつでも太陽を連れてくる雨に

「わかりました。あなたなら、きっと力になってくださると思っていたんです」ゾルバはそう言うと、ひじかけ椅子から飛び下りた。

詩人と猫は、夜中の十二時に、バザールの入口で再会する約束をした。それからふとった真っ黒な猫は、仲間たちのもとへ、走り去った。

# 11　大空へ

ハンブルクの街に、霧雨《きりさめ》が降《ふ》りしきっている。家々の庭からは、湿《しめ》った土の匂いが立ちのぼる。通りのアスファルトはぬれて輝《かがや》き、そこに色とりどりのネオンがゆがんでは映《うつ》る。その港の通りを、男がひとり、歩いていた。ギャバジンのレインコートに身を包み、ハリーのバザールに向かって。

「論外《ろんがい》だね！　おまえらがおれの尻《しり》に、五十本の爪を立てようと、扉《とびら》は開けないからな」

チンパンジーが金切り声をあげている。

「開館時間は、午前九時から夕方六時まで。それが規則《きそく》だ。規則は守らなきゃいけないんだ」マチアスは続けた。

「セイウチの口ひげにかけて！　おい、一生に一度ぐらい愛想《あいそう》よくできないのか、猿《さる》？」

向かい風が食ってかかる。

「お願いします、お猿さん！」フォルトゥナータはすがるようにたのむ。

「だめだね！　規則で、今おれが鍵《かぎ》を開けることは禁止《きんし》されてるんだ。指のないおまえらノミのかたまりには、開けられない鍵をな」いじわるく、マチアスは言い足した。

「きさまはほんとうに何という猿だ！　何という！」博士が大声を出す。

「外に人間がいる。腕《うで》時計を見ています」窓の外を見ていた秘書が声をかけた。

「あの詩人だ！　もう一刻《いっこく》もむだにはできない」ゾルバはそう叫ぶと、全速力で窓に向かった。

聖ミヒャエリス教会から、深夜十二時の鐘《かね》の音が、響《ひび》きわたる。その鐘の音に重なって、突然ガラスの割《わ》れる音がし、詩人は思わず後ずさりした。ガラスの破片《はへん》がきらきらと落ちてくる中、あのふとった真っ黒な猫が、飛び出してきた。猫は頭に傷《きず》を負ったが、そのまま割れた窓ガラスのところへ、矢のように引き返す。

詩人も駆《か》け寄《よ》ると、ちょうど猫たちに押《お》し上げられたカモメが一羽、窓のふちに上ったところだった。その向こうにはチンパンジーがいて、目や耳や口を一度に手でかくそうとあたふたしている。

「カモメに手を貸してやってください！　割れたガラスでけがをしないように」ゾルバが叫んだ。

「ふたりとも、こちらへおいで」詩人はそう言うと、ゾルバとカモメを腕《うで》に抱《だ》いた。

そうして急ぎ足で、バザールを後にした。レインコートの内側に、ふとった真っ黒な猫と、銀色のつばさのカモメを入れて。

「どろぼう！　悪党《あくとう》！　覚えていやがれ」チンパンジーはわめいた。

「そもそもあなたが協力しないからです！　ふん、ハリーは明日《あした》、何と思うことでしょうねえ。窓ガラスを割ったのは、あなただと思うに決まってる」秘書がいやみたっぷりに言い返した。

「カランバ（ちきしょう）！　またしても、わしが言おうと思っていたことを」大佐が抗議《こうぎ》する。

「ウッボの歯にかけて！　屋根に上るんだ！　われらのフォルトゥナータが飛ぶところを、みんなで見ようじゃないか」向かい風が叫んだ。

そのころ、ふとった真っ黒な猫とカモメは、詩人のレインコートの内側で、居心地《いごこち》よく落ち着いて、彼の体のぬくもりを感じていた。詩人は早足で、けれどしっかりと、歩いていた。二匹とひとりの心臓《しんぞう》は、どれも違うリズムで鳴っていたが、その緊迫《きんぱく》した強さはみな同じだった。

「猫くん、きみ、けがをしたんじゃない？」詩人は、レインコートの内側についた血のしみを見つけた。

「たいしたことはありません。それより、どこへ行くんです？」

「人間のことばがわかるの？」フォルトゥナータが聞いた。

「ああ。この人は、きみが飛べるように力を貸してくれる、やさしい人間だよ」

「きみは、カモメのことばもわかるの？」今度は詩人が聞いた。

「どこへ行くんですか？」ゾルバはこたえるかわりに、もう一度聞いた。

「もう行かない。着いたよ」詩人がこたえた。

ゾルバは頭を出してみた。目の前に、大きな建物がそびえている。見上げると、サーチライトの光を浴びた、聖ミヒャエリス教会の塔《とう》が見えた。光の束が、銅でおおわれた荘厳《そうごん》な姿をいっぱいに照らし出している。時の流れと、雨と、風とで、銅は緑青《ろくしょう》の色に変わっている。

「入口はみんなしまっていますよ」ゾルバが言った。

「いや、みんなというわけではない。ぼくはよくここへ来るんだ、ひとりで。たばこを吸《す》ったり、考えごとをしたりしにね。ちょっとつらいことがあったようなときにも。だから、どこから入れるかもよく知っている」詩人はこたえた。

そうして建物を半周すると、わきにあった小さな戸口にナイフを差しこみ、こじ開けた。

続いて詩人はポケットから懐中電灯《かいちゅうでんとう》を取り出すと、中に入り、その細い光をたよりに、どこまでも続くらせん階段《かいだん》を上り始めた。

「わたし、こわい」か細い声で、フォルトゥナータがつぶやく。

「でも飛びたいだろう?」ゾルバは聞いた。

聖ミヒャエリス教会の鐘楼《しょうろう》からは、街じゅうを見晴らすことができた。霧雨は、テレビ塔も港も、しっとりと包みこんでいる。何台ものクレーンは、眠《ねむ》っている動物たちの姿のようだ。

「あそこをごらん、ハリーのバザールが見える。みんなあそこにいるんだよ」ゾルバがやさしく声をかけた。

「でもこわい! ママ!」フォルトゥナータは泣き声だった。

ゾルバは鐘楼の手すりに飛び乗った。下を見ると、ライトをつけて走る車が、小さく小さく見える。まるで、光る目をした昆虫《こんちゅう》のようだ。詩人がフォルトゥナータを抱き上げた。

「いや、こわい! ゾルバ! ゾルバ!」フォルトゥナータは、くちばしで詩人の手を突《つ》いて抵抗《ていこう》した。

「待って！　まず手すりの上に乗せて」ゾルバが言った。

「このままはなそうとは思っていないさ」詩人がこたえた。

「飛ぶんだ、フォルトゥナータ。さあ、深呼吸《しんこきゅう》をして。雨にさわってごらん。雨を感じてごらん。きみの好きな水だよ。きみには好きなものや、幸せを感じるものが、たくさんあるだろう。そのひとつが、水と呼ばれているものなんだ。もうひとつは風、そしてもうひとつは、太陽だよ。雨の後、ごほうびのように現《あらわ》れる太陽だ。雨は気持ちがいいかい？

さあ、つばさを広げて」ゾルバが言う。

カモメはつばさを広げた。サーチライトがはなつ何本もの光の束を浴び、羽についた雨のしずくを、真珠《しんじゅ》のように輝かせながら。そうして彼女は、頭を上げた。瞳《ひとみ》を閉じたまま。

「雨。水。好きだわ！」

「飛ぶんだ」ゾルバはじっと見守っている。

「あなたのことも、好き！　あなたはほんとうにやさしい猫」フォルトゥナータはそう叫ぶと、手すりのふちへ、踏《ふ》み出した。

「さあ、飛ぶんだ。この大空すべてが、きみのものだよ！」ゾルバも叫んだ。

「あなたのことは、決して忘《わす》れない。ほかのみんなのことも」フォルトゥナータの脚《あし》は、いよいよ手すりから離《はな》れようとしていた。あのアチャガの詩そのままに、今や彼女の小さな心は、離れ業《わざ》に挑《いど》もうとする曲芸師《きょくげいし》の心のようだった。

「飛べ！」ゾルバは前足をさし伸《の》べ、かすかに彼女の背《せ》に触《ふ》れた。

フォルトゥナータの姿が、消えた。詩人も猫も、とっさに最悪の事態《じたい》を恐《おそ》れた。というのも、彼女はまっさかさまに墜落《ついらく》していったからだ。あわてて手すりから身を乗り出してみると、ちょうど駐車場《ちゅうしゃじょう》の上あたりでつばさを上下させている姿が見え、ひとりと一匹は、ほっと息をついた。やがて彼女は、上へ、上へと舞《ま》い上がり始め、とうとう、美しい聖ミヒャエリス教会の象徴《しょうちょう》である、あの金の風見鶏《かざみどり》よりも高く、はばたいた。

フォルトゥナータはひとり、ハンブルクの夜空を飛び続けた。力強くはばたいて、教会から遠ざかり、港の何台ものクレーンの上を、飛んだ。船という船のマストの上を、飛ん

だ。それからつばさを広げたまますべるように戻ってきて、教会の鐘《かね》のまわりを一周した。

「飛んでる！　ゾルバ！　わたし、飛んでる！」フォルトゥナータは、喜びを全身に表《あら》わして、叫んだ。はてしなく広がる、灰色《はいいろ》の空から。

詩人はゾルバの背中《せなか》をなでた。

「猫くん、成功したね」彼は、やさしくため息をついた。

「ええ。最後の最後に、空中で、彼女はいちばん大切なことがわかったんだ」ゾルバがつぶやいた。

「いちばん大切なこと？」

「飛ぶことができるのは、心の底からそうしたいと願った者が、全力で挑戦《ちょうせん》したときだけだ、ということ」ゾルバはこたえた。

「そろそろぼくは、おじゃまかもしれないね。下で待っているよ」詩人はそう言うと、静かにその場を離れた。

ゾルバは、大空を舞うカモメの姿を見守り続けた。空に向けたその澄《す》んだ黄色の瞳をぬらすものが、雨なのか、涙なのか、わからなくなるまで、やさしく気高い、港の猫の中の猫であるふとった真っ黒な猫は、いつまでも、空を見つめていた。

一九九六年　ドイツの黒い森《シュヴァルツバルト》、ローフェンブルクにて

# 訳者《やくしゃ》あとがき

猫ってほんとうは、何でもわかっているんじゃないか、と思うことがある。たとえ家に飼《か》っていなくても、道ばたなどで、ふと目が合ってしまってどっきりさせられるようなことは、わりに誰にでもあるんじゃないだろうか。

たとえば、急ぎ足で通る朝の道に必ずいて、「まったく今日もごくろうさんなことで」と言わんばかりに、ちらっとこちらを見るやせた猫。自分が美しいと知っているのか、見つめると見つめ返してくる、片方《かたほう》の目は青、もう片方は緑で、毛並《けな》みは真っ白な猫。ある日の夕方、ちょっとミルクをあげて遊んであげたら、以来マンションの同じようないくつものドアを確実《かくじつ》に見分け、夕方になると決まってうちに遊びにくるようになった子猫――。

そう、猫たちは、じつは、何でもわかっているのだ。人間のことばだって、わかっているどころか、ほんとうはあの小さな舌《した》で、しゃべることさえできるのだ！

それを私たちが聞いたことがないのは、猫たちの間に、決して人間の前でしゃべってはならないという賢明《けんめい》なる掟《おきて》があって、しかもそれが、粛々《しゅくしゅく》と守られているから――。少なくとも、この物語『カモメに飛ぶことを教えた猫』の世界では。

それにしても、おかあさん猫が自分の子といっしょに、子リスやハリネズミを育てた話とか、池でコイに口移《くちうつ》しでえさをあげる猫の話などは、本やニュースで見聞きしたことがあるけれど、猫がカモメに、飛ぶことを教えるとは。いったいどういうわけで？　どうやって？

舞台《ぶたい》はドイツの北、ハンブルク。古くから港を中心に栄え、十四世紀にはハンザ同盟《どうめい》に加盟《かめい》したという、歴史と伝統《でんとう》ある国際都市《こくさいとし》だ。世界じゅうの船が出入りし、自由な風が海から吹《ふ》き抜《ぬ》けるような、緑の輝《かがや》く街《まち》。

そんな街に住む猫たちは、ふつうの猫よりも、いっそう自由を愛し、いっそう誇《ほこ》り高く、しかも他者を尊重《そんちょう》して思いやりが深い。主人公ゾルバも、真っ黒な毛糸玉のようだった子猫のころから、独立心旺盛《どくりつしんおうせい》で、やさしかった。成長して大きくふとった今は、どことなく不思議な包容力《ほうようりょく》と、ハードボイルド風のかっこよさも漂《ただよ》わせている。

ある日、彼が日光浴していたところへ、瀕死《ひんし》のカモメが空から落ちてくる。海に流れ出た原油に、羽をやられてしまったのだ。カモメは消え入りそうな声で、ゾルバに三つの願いを託《たく》す。わたしはこれから卵《たまご》を産むけれど、それは決して食べないで。そしてその卵のめんどうを見て、卵をかえして。そしてひなが大きくなったら、飛ぶことを教えてやって。

男の中の男、いや猫の中の猫のゾルバは、面食らいながらも、母親として必死のカモメの訴《うった》えを、受けとめる。そうして、港の猫の長老〈大佐《たいさ》〉やその〈秘書《ひしょ》〉、百科事典を愛読する〈博士《はかせ》〉や、船員たちのマスコットで広い海と世の中を知っている〈向かい風〉といった、ユニークな仲間たちとともに、三つの約束を果たそうと奮闘《ふんとう》し始める。

物語はテンポよく進んでいく。ユーモラスに、スリリングに、そしてときにはしっとりと。固い卵を抱き続け、やわらかなひな鳥も食べてしまうことなく、野良猫たちの嘲笑《ちょうしょう》にも毅然《きぜん》として、あくまで母鳥とかわした約束を守《まも》り抜《ぬ》こうとするゾルバ。「港の猫の名誉《めいよ》にかけて」、全力で彼を助ける仲間たち。ついに夜空にはばたいたカモメの姿《すがた》を、宝石《ほうせき》キャッツアイそのもののような、透《す》き通った黄色い瞳《ひとみ》で見つめ続け、涙をあふれさせる黒猫ゾルバ。

シンプルで楽しい物語の余韻《よいん》に揺《ゆ》られながら、最後には思わず、この世もなかなか捨《す》てたものではないなと、胸がいっぱいになっている自分に気づく。

著者《ちょしゃ》ルイス・セプルベダは、近年ヨーロッパで数々の賞を受け、世界的に人気が出てきた注目の作家だ。日本でも昨年末から今年にかけて、『パタゴニア・エキスプレス』（国書刊行会）、『ラブ・ストーリーを読む老人』（新潮社）と、個性《こせい》の光る作品が相次いで紹介《しょうかい》された。

彼は、一九四九年、南米チリに生まれたが、アジェンデ人民連合政権《せいけん》がピノチェトのクーデターによって倒《たお》れた際に、投獄《とうごく》され、およそ二年半の刑務所暮《けいむしょぐら》しを余儀《よぎ》なくされたという経験《けいけん》を持つ。その後アムネスティの働きかけで解放《かいほう》された後は、各地を旅してまわり、八〇年からはドイツのハンブルクを拠点《きょてん》に、主にルポなどの仕事を行なっていたそうだ。グリーンピース運動にも参加していたという。

主義主張《しゅぎしゅちょう》の違《ちが》い。文化の違い。種の違い。そうした「異《こと》なる者どうし」は、どうしたらともに生きていくことができるのか。「異なる者どうし」は、心を通わせることが可能《かのう》か。現代《げんだい》を生きる人間に、驕《おご》りはないか。人間の希望は、支《ささ》えは、どこにあるのか――。どの作品からも感じ取ることのできる、そうしたセプルベダの心の声は、彼のあゆんできた道を多少なりとも知ると、いっそう深く、胸《むね》に響《ひび》いてくる。そして、自身の子どもたちのために書かれたというこの『カモメに飛ぶことを教えた猫』も、静かな、けれど力強くあたたかい、同じ声に包まれているのを感じる。

「異なる」からといって排斥《はいせき》するのではなく、「異なる者どうしの愛」こそ尊《とうと》いという思い。猫たちが最もたよりにした人間は、ことばの力を誰よりも知っている詩人だったこと。「飛ぶことができるのは、心の底からそうしたいと願った者が、全力で挑戦《ちょうせん》したときだけ」というつぶやき。寓話《ぐうわ》の形を借りたこの物語からは、人間が決して軽《かろ》んじてはならないこと、忘《わす》れてはならないこと、心の奥《おく》で大切にしなくてはならないことが、わくわくするようなストーリーといっしょに伝わってくる。そしてそれが、不透明《ふとうめい》で、新たな問題をたくさんはらんでいる現在《げんざい》の地球から、未来を見つめるセプルベダのまっすぐなまなざしのように思われて、新鮮《しんせん》な感銘《かんめい》を覚える。

本作品は、ヨーロッパでは〈八歳《さい》から八十八歳までの若者《わかもの》のための小説〉とうたわれ、一九九六年に出版されてからというもの、多くの読者に愛されている。特にイタリアで大きな話題となり、ベストセラーになったほか、映画化《えいがか》も予定されており、挿絵《さしえ》をもとにしたTシャツなども売られているという。

日本でも、猫好きの人や若《わか》い人だけでなく、大人《おとな》といっしょに子どもが、子どもといっしょに大人が、この物語を楽しんでくれたらいいなと思う。近ごろは、子どもの教育について、大人のモラルについて、考えさせられることが多いが、こうしたお話の世界に入ってのびやかに遊び、そしてちょっぴり考えてみるような子どもと、大人が、ひとりでも増《ふ》えてくれたらと、願っている。

なお翻訳《ほんやく》は、フランス語版《ばん》"Histoire de la mouette et du chat qui lui apprit à voler"（Métailié/Seuil）から行なった。

最後になったが、その際《さい》、ベストセラーのイタリア語版も参照しながらアドバイスをしてくださり、すてきな日本語版に仕上げてくださった、白水社編集部《へんしゅうぶ》の芝山博《しばやまひろし》さんに、心からお礼を申し上げる。また、本作品と出会うきっかけをくださった平田紀之《ひらたのりゆき》さん、チャーミングな挿絵を描いてくださった牧《まき》かほりさん、装丁家《そうていか》の丹羽朋子《にわともこ》さん、そしてほかにも細かなことでお世話になった方々に、ここで、改めて感謝《かんしゃ》申し上げたい。

一九九八年四月　　河野万里子《こうのまりこ》

## Uブックス版に寄《よ》せて

初版《しょはん》が刊行《かんこう》されて七年。この間本書は、べつに大きな宣伝《せんでん》をしたわけでもなかったのに、版を重ね、各地で芝居《しばい》やミュージカルに仕立てていただくご縁《えん》などにも恵《めぐ》まれた。プロばかりでなく、高校の演劇部《えんげきぶ》の舞台《ぶたい》や、小学校の卒業演劇であることもあった。また読書感想画コンクールの指定図書になったときには、他にも何冊か指定図書があった中で、本書で描《えが》いてくれた高校生が全国最優秀《さいゆうしゅう》となった。どの時も、一冊の本の魂《たましい》のようなものが、読んでくださった方の心に深く届《とど》いたことが伝わってきて、訳者としてこんなにうれしいことはなかった。

七年の間に世紀は変わり、海外ではテロや戦争が起き、大きな自然災害《さいがい》もそこここで起きている。国内では仕事につきたくない若者、学校にも外にも行きたくない傷《きず》つきやすい人が、いっそ

う増えていると聞く。「異なる者どうしの愛」、環境《かんきょう》と自然に向き合う姿勢《しせい》、全力で挑戦《ちょうせん》すること
のかけがえのなさ——それらをそっと教えてくれる本書が、今回Uブックスの一冊になることで、
新たな読者のみなさんと、ささやかでも幸福な出会いをはたしてくれるよう、そして一度読んで
くださった方々とは、また新鮮《しんせん》な発見のある再会《さいかい》につながるよう、心から願っている。

二〇〇五年九月　河野万里子

この春、本書『カモメに飛ぶことを教えた猫』が、劇団四季《げきだんしき》のファミリーミュージカルになる。二十六年ぶりの新作ファミリーミュージカルとのことで、これを機に、より若いみなさんにも本書に親しんでもらえるよう、小学校五年生以上で学習する漢字にはルビを振《ふ》った。

「勇気をもって一歩ふみだすこと」や「全力で挑戦《ちょうせん》すること」、「自分とは違っている者を認《みと》め、尊重《そんちょう》し、愛すること」を教えてくれるゾルバとフォルトゥナータたちの物語が、これからもたくさんの方々の心に届きますように。

二〇一九年三月　河野万里子

本書は1998年に単行本として、2005年にUブックスとして小社から刊行されました。この度、ふりがなを大幅に増やし改版いたしました。

白水Uブックス　223

カモメに飛ぶことを教えた猫（改版）

訳　者 © 河野万里子《こうのまりこ》
発行者　岩堀雅己
発行所　株式会社 白水社
東京都千代田区神田小川町3-24
振替　00190-5-33228　〒101-0052
電話（03）3291-7811（営業部）
（03）3291-7821（編集部）
www.hakusuisha.co.jp

2019年 4 月 10 日　第1刷発行
2025年 5 月 25 日　第6刷発行
本文印刷　株式会社精興社
表紙印刷　クリエイティブ弥那
製　　本　加瀬製本
Printed in Japan

ISBN978-4-560-07223-3

乱丁・落丁本は送料小社負担にてお取り替えいたします。